カサンドラ妻の体験記

——心の傷からの回復——

著
西城サラヨ

〈寄稿〉
田中康雄

星和書店

この本を読まれる方へ

こころとそだちのクリニック むすびめ　院長　田中康雄

本書は、アスペルガー症候群と思われるヒデマロさんと、その結婚生活のなかで精神的に疲《ひ》弊《へい》し、のちにカサンドラ症候群（カサンドラ情動剥奪障害《じょうどうはくだつ》、あるいはカサンドラ愛情剥奪症候群とも呼ばれる。以下カサンドラ症候群と表記）と判断されたサラヨさんの、日常生活の一部を記したものです。

出版社から監修を依頼されたとき、この本は、あまりにも個人的な物語なので、そこに赤の他人が口を挟むべきではないと思いお断りさせていただきました。ただ、末尾に掲載していただいた寄稿と冒頭の読者の方々へのメッセージといった依頼は、僕の拒否能力の欠如から断れませんでした。

そこで、メッセージというわけではありませんが、僕が前著と続編の本書を読み、本書の特徴を明確にしておいたほうがよいと感じた点を書いておきたいと思います。

1. 本書は、実在の方の体験記です。読者は、時にその生々しさに強く共感したり、多少納得しにくい場面があるかもしれません。僕はこうした類いの書籍は、本来読者により感想が異なると思っています。あくまでもサラヨさんがお感じになった、サラヨさんからの目線による記録であることを、承知したうえで読まれてほしいと思います。

2. ヒデマロさんは、医学的診断を受けた方ではありません。ただ、日々の生活のなかで、サラヨさんは彼にはアスペルガー症候群といった特性があると判断されたのです。ここには医学的な正否はありません。

3. 同時に、サラヨさんの医学的診断も、少なくともカサンドラ症候群ではありません。ここにも医学的な正否はありません。

4. しかしヒデマロさんとサラヨさんを、こうした名称で仮に理解することで、この夫婦の間に起きたさまざまな出来事が理解しやすくなったことは間違いありません。

5. ただし、この物語はサラヨさんから光を当てたものであり、ヒデマロさんから見たら、また違う物語になると思います。つまり、これはあくまでもサラヨさんによる、ヒデマロさんとの物語なのです。アスペルガー症候群とカサンドラ症候群の総論的な話ではありません。

以上の点を皆様が承知したうえで読んでいただきたいと思います。

当事者の話は、単純に汎化《はんか》できるものではありませんが、当事者だからこその、嘘偽りのない心情に触れることで、僕たち非当事者は当事者の心に少しでも近づくことができるようになります。この物語に触れることで、その内容の一部が、隣で苦しむ方の物語に大きく重なり、なにかしらの生きる勇気を与えるものになることもあるでしょう。

本書は、自分を責めたり誰かを糾弾《きゅうだん》することを目的にしたものではありません。本書には、生きることの辛《つら》さと、それでも生き続けることの大切さを伝えたいという思いがあると、最初の読者である僕は、思います。

はじめに

西城サラヨ

二〇一四年八月に、ご縁があって『マンガでわかるアスペルガー症候群&カサンドラ愛情剥奪症候群』を出版しました。その結果、この本の出版をきっかけにして、たくさんの読者の方々から、さまざまな反響をいただき、某自助会に講演にも行かせていただきました。自助会の方々とは、多くの方の涙とともに私自身も共感の癒しをいただきました。自助会の講演会は、クローズドな講演会ということもあり、かなりナイーブな部分にも踏み込み、話すことができました。

感謝や共感、励ましの言葉もいただきました。読んでくださった方からのお手紙、講演会に来てくださった方のお声や要望を全て紹介するにはスペースがいくらあっても足りません。その中には、「アスペルガー症候群(注1)」の特性や「カサンドラ症候群(注2)（カサンドラ情動剥奪障害、あるいはカサンドラ愛情剥奪症候群とも呼ばれる。以下カサンドラ症候群と表記）」の特徴の紹介だけではなく、家庭生活への影響について、具体的な体験談をもっと知りたいというものもありました。例えば、「そもそも、どうしてそのような人（アスペルガー症候群の男性）に魅かれたのか」「知り合った頃・お互いが魅かれあった頃のエピソード」「どのようにして『うつ病』につながっていったのかという経過」「どのようにして『うつ病』と闘い、立ち直ったのか」「相手の二次障害」などについてです。私はこれらの多くの声を聞いて、自分と同じように悩んでいる人たちがたくさんいることを知りました。そして、「『夫がもしかしたら発達障害かもしれない』と気づいただけで、夫と心の交流がうまくできないのは自分のせいでも誰のせいでもないと、心が軽くなった」というお手紙もいただきました。本当に嬉しかったです。ありがとうございました。

一方で、相手が「大人の発達障害かもしれない」と思ったり、もしくは仮に診断されたとしても、実際の日常生活は綺麗事では済まされず、苦しい思いをしている、という率直な悩みの声も聞かせていただきました。自助会の会員の方々や読者のお手紙では、心の交流がうまくできない上、パートナーの二次障害に苦しまれている方々も大変多いと感じました。その方々の中には「夫が二次障害を引き起こし、『死ぬ』が口グセで、私も気が変になりそうです」といった声や、「自分も相手もW《ダブル》うつになり共倒れしそうだ」という深刻な声もありました。そのようなナイーブな具体的な部分の生の体験談をもっと聞きたいという声もありました。また、今現在、うつで苦しまれており、自助会への参加や外出さえままならない方もいらっしゃると聞きました。私はうつで入院したことがありますが、入院中は、「一度入院したら、もう、家庭生活も営めない、仕事なんてもってのほかで、できるわけがない、外出も怖い」と思っていました。本を読める気力が出てきたときには、うつから立ち直った人たちの本を読みあさって、なんとか希望の光をみいだそうとしたこともありました。たくさんの方々からの疑問にお答えし、書き起こすことは、私にとっては、辛《つら》い生育歴や家庭生活、うつ病のときの苦しみを思い出すことにもなりました。けれど、少しでも、悩んでいる人、苦しんでいる人の生きる希望や、考えるきっかけになってくれるのなら、頑張ってみようと思いました。

「アスペルガー症候群」の特性や「カサンドラ症候群」の特徴については、前著(12)で書いたことと重複する部分もありますので、今回は簡単に説明するにとどめ、本書では、実際の生活でどのような状態だったのかを具体的に語りたいと思います。あくまでも体験記なので、みなさんそれぞれ違うのだということをお断りしておきます。

なお本書は、諸事情で詳細に書けない部分や簡略化した部分もあります。お許しください。また、途中で読むのが辛くなった方は決して無理しないでください。思い出すだけでも辛いこともあるでしょう。私も途中途中辛くなりました。辛い記憶を思い出したくない時は、自分の心の準備や環境がまだ整っていないのかもしれません。

どうかどうか、本書が、どこかの誰かの目にとまり、「私だけではない、ひとりではないいんだ」という気持ちを持っていただけますように、そして、個性あふれる発達特性を持つ人と、共に、自分もパートナーも生きやすくなるにはどうしたらよいのかヒントになりますように、そして、生きていれば、必ず光がさし、なんとかなるんだ！ と思ってくれる方がお一人でもいてくださるように、心から祈っております。

（注1）アメリカ精神医学会が二〇一三年に発行した『精神障害の診断・統計マニュアル』第5版では、自閉症とアスペルガー症候群を中心とする広汎性発達障害は「自閉スペクトラム症」というひとつのカテゴリーにまとめられました[9]。しかし、従来の呼び名がわかりやすいことから、本書では「アスペルガー症候群」という言葉をつかうことにしました。

（注2）アスペルガー症候群の配偶者（主に妻）が陥りやすい状態を指すものとして使われ始めた概念。ギリシャ神話の悲劇の王女にちなむ。夫の不可解な言動に日々直面し、感情の交流が持てず、辛さを訴えても夫はもちろん周囲からも理解されにくい。そのため、心身ともに消耗し、うつ状態、自尊心の低下、無気力、身体の様々な不調などがみられるというもの。いま現在、正式な医学用語ではありません[10,15,16]。

もくじ

主な登場人物

「暗黙のルール」がわからない

アスペルガー症候群（受け身型）かもしれないと思う行動が多い

表情が乏しい

自発的に社会と接触を図ろうとしないが誘われれば行く

同じ失敗を繰り返してしまう

臨機応変なことが難しい

共同作業が苦手

▲ヒデマロさん

会話のキャッチボールができない

人の気持ちを想像することが苦手

実直で素直

自分流のこだわりを持つ

家でも上司にタメ口《ぐち》で話す

感情の起伏がない

細かく指示されたことには文言通り行動してくれる

公務員（精密な地図を書く、計算する、測量する等の事務作業が多い）

＊注…本書へのヒデマロさんの登場は本人了承済みです。

▼サラヨ

↑ヒデマロさんからあだ名で「ニャンキー」と呼ばれる

精神科病棟のナース、保健師としての勤務歴あり。
ヒデマロさんと結婚。ヒデマロさんと出会ってから20年経った今、やっと自分は「カサンドラ症候群」であったのではないかと振り返られるようになった。

とーま▶

長男
（第１子）

◀ぴーな

長女
（第２子）

のんちゃん▶
（サラヨの妹）

家族の危機が訪れた際に、ヒデマロさんの代わりに何かと姉を救い、応援するしっかり者

Ⅰ

パートナーとの出会い

1 ヒデマロさんとの出会い

私は十九歳で大学に進学し、冷たい空気と張りつめた緊張感のある家庭を出て、一人暮らしを始めました。私の父は、どんなふうだったかというと、父にとって少しでも気に障ろうものならば、物が飛んできたり、罵声《ばせい》を浴びせかけられたりと、いつもビクビクしているような感じでした。けれども、母からの愛情で家庭が保たれていました。父が仕事に出かけている時間には、母はいつも私や妹を褒《ほ》めたり一緒に遊んだりしてくれて、献身的に接し、私たちの成長を見守ってくれました。ですから、私が「父のように理不尽に怒鳴ったり、自分の考えを押しつけたりする人を夫にはしない」「母のように子どもたちを愛し、あたたかく楽しい家庭を築きたい」と願うようになったのは、当たり前の流れだったのかもしれません。

私は大学を卒業して、ある町で新人保健師として働き始めました。私は、客観的にみて、見た目は美人でもないし、保健師としての仕事を要領よくこなせるほどの経験もまだありませんでした。私は、新たな人間関係の構築や、多忙な仕事に追われていました。そして、その年の秋に最愛の母が交通事故で亡くなりました。私の心は母の死のショックもあり、無意識に誰かに救いを求めていたのかもしれません。そのようなときに、私はヒデマロさんと知り合いました。当時のヒデマロさんは、転勤族の公務員として働いていました。
　ある知人が、大々的に、ボウリング大会と称して今でいう合コンを主催しました。私もヒデマロさんも数合わせ要員として参加させられた感じでしたが、偶然私はヒデマロさんと同じグループとなり、その後の飲み会でも私はヒデマロさんと隣合わせで席に座る流れになりました。

サラヨ「ヒデマロさんは、公務員なんですね～」
ヒデマロ「ええ、ああ、まあ」
サラヨ「○○課って伺いましたけど、お仕事、大変なんですよね～」
ヒデマロ「ええ、ああ、うん、まあ」
サラヨ「……」

　という感じの二人で、会話が続かず、二人だけだと視線も合いませんが、そこへ一緒に来ていたらしい同僚と思《おぼ》しき人から、「ヒデマロくん、恥ずかしがり屋なんだよね～。せっかくなんだから、もっと積極的に話しかけないとダメだよ～」と、ヒデマロさんへのフォローが入りました。
　そのときの私は、実母の突然の死からまもなくだったり、友人の結婚ラッシュに焦ったりなど、率直にいって「彼氏がほしい（一人じゃさみしい）」時期でした。ですから、ヒデマロさんとの弾まない会話でも、「打ち解けるのに時間がかかる人なんだな……」「口下手な人なんだな……」「ま、初対面なんだから、こんなもんかな……」と思っただけでした。

そして、そのボウリング大会をきっかけにして知り合った男子数人・女子数人で、グループ交際のような付き合いが始まりました。みんなでコテージを借りてバーベキューをしたり、映画を観に行ったりしました。けれど、そのようなグループ交際の中から、しだいにペアが出来て少しずつ卒業していきました。そのため最終的には、ダブルデートのような感じになり、自然と私とヒデマロさんがペアになっていました。そのうちに、電話でも話すようになりました。最初は私が電話をかけていたのですが、当時のヒデマロさんは寮住まいだったので、取り次いでもらうのが面倒になり、ヒデマロさんからかけてもらえないかと伝えました。

すると、私が伝えた通りに、ヒデマロさんは電話をかけてきてくれるようになりました。

サラヨのひとりごと

・出会った時期や、生育歴、育った家庭環境、様々な要因が重なり、感情の起伏のないヒデマロさんに惹《ひ》かれた。当時はヒデマロさんの感情の起伏がないことは安らぎにつながっていたはず。当時の良さを思い出してみよう。
・指示されたことは言葉通り素直に行動してくれた。当時は嬉しかった。その良さを思い出してみよう。

怒ったり、怒鳴ったりしない
穏やか!?

ヒデマロさんとの出会い

映画
おもしろかったね
おもしろかったね
……
ポリポリ
会いたいな
じゃあ行くね
ポリポリ
私の
どこが好き？
えっと……
全部

恋は盲目
Love《ラヴ》 is《イズ》 blind.《ブラインド》
これぞ理想の男性《ヒト》？？

感情の起伏がなく
素直
私の嫌な部分もすべて受けとめてくれる（ように見える）男性《ヒト》！
運命の王子様現《あらわ》る!?
ポリポリ

2 ヒデマロさんとのお付き合い

ヒデマロさんと出会ってから一年ほど経ちました。

あるとき、私はヒデマロさんにはっきりと「付き合ってほしい」と言ってほしくて、電話で、「ヒデマロさんの後輩の○○くんも、私と付き合いたいと思ってくれてるみたいなんだよね……。○○さん、ヒデマロさんと同じ寮だったよね？　映画にも誘われたんだけど、○○さんと一緒に行ってもいいかなぁ？」と聞いてみました。ヒデマロさんの後輩にも想われていたのは事実です。ヒデマロさんは、「いや、それはちょっと……、それは困るな……」と、もごもごしていました。それで、私は、「○○くんに何か言ってくれないかな……、なんちゃって♡」と言いました。すると翌日、「(寮での) 朝食のときに、○○に『サラヨはオレのものだから』って言ってきたよ、ニャンキー！」と報告の電話をくれました（ヒデマロさんから私サラヨはあだ名でニャンキーと呼ばれていました）。当時の私は「あのシャイなヒデマロさんが、『オレの彼女に手を出すな』宣言をするほど、私は愛されている」と有頂天《うちょうてん》になりました。たぶん、ヒデマロさんの自尊心は、周囲の人に一目置かれる（ような行動をした）ことで、とても高まったのかもしれません。(11) ヒデマロさんは、その年の職場の忘年会での「今年いちばん嬉しかったこと」というお題に、「彼女ができたこと」とも答えています（あとで、それを報告してくれました）。

けれど、公然と付き合えるようになってからも、デートに誘ったり、どこに行くのかを決めたりするのは、常に私でした。「今度の土曜日、出かけようよ」「うん、いいよ」「どこに行きたい？」「べつに……。どこでもいいよ」「じゃあ、○○時に家に迎えに来てくれる？」「うん、わかった」といった感じでした。私は、「この人はもしかしたら、彼女と付き合った経験がないのかもしれない……とまではいかなくても、デートの楽しさを味わったことがないのかもしれない」と憶測《おくそく》しました。私自身も、家族旅行や楽しいイベントに参加した経験に恵まれていなかったこともあり、「楽しいデートを味わわせてあげたいし、自分も楽しみたい」とはりきりました。自分でバンガローを予約してヒデマロさんと自然の中で過ごしたり、わざわざ体験型のイベントに申し込んだりしました。そのたびに、私は大はしゃぎでした。

けれど、ヒデマロさんとの会話は、

サラヨ「雪がきれいだね」
ヒデマロ「そうだね」
サラヨ「（テレビを観ながら）、こんな芸人いたんだね」
ヒデマロ「そうだね」

サラヨ「その芸人さん、最近よくテレビに出てるよね」
ヒデマロ「そうだね」
　といった素っ気ないものでしたし、バター作り体験の感想を聞いても、
サラヨ「バターって、こうやってできるんだね〜、すごいね！」
ヒデマロ「うん、すごいね」
サラヨ「できたてのバターって、おいしそうだよね！」
ヒデマロ「うん、おいしそうだね」
　と、私だけがはしゃいでいて、私が施設の人と話しているうちに、ヒデマロさんは気づくと少し離れたところでポツンと立って、ぼんやりとどこかを眺めていました。そのたびに、私が手招きして近くに呼んで話しかけるのです。
　そういうふうに、ヒデマロさんとは映画やドライブ、食事など、何度もデートを重ねました。感想を聞くと、無表情であったり、視線が合わなかったとしても、オウム返しで答えてくれます。私がご飯を作ってあげれば、たくさん食べてくれました。

サラヨのひとりごと

- 会話がうまく進まなかったのは、本人の興味がなかった話題だったからかもしれない。振り返ると、人と体験を共有し合って楽しむという意味がヒデマロさんには理解できなかったのかもしれない。私が勝手に「ヒデマロさんも楽しいはずだ、楽しんでほしい」と期待しすぎてしまっていたのかもしれない。
- 作った料理を文句も言わずに食べてくれるのはすごく嬉しいことだったはず。いいことを思い出してみよう。

3 ヒデマロさんのプロポーズ

ヒデマロさんと付き合って、初の年度変わりを迎えました。

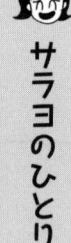

私は大都市の精神科病棟の看護師として働き始めました。

私が中都市から大都市に引っ越したのと並行して、ヒデマロさんも小さな町へ転勤があり、お互いに引っ越しすることになりました。そのため、それまでは車で二時間もあれば会えていましたが、今度は車で四～五時間かかる遠距離恋愛になってしまいました。私は、ヒデマロさんと離れてしまったことの寂しさや新しい職場や人間関係の心労も加わって、電話で何気なく、「会いたいなぁ～」と言っていました。すると、ヒデマロさんは、雨の日でも雪の日でもすぐに車を走らせて会いに来てくれました。当時、看護師として勤務していた私は、日勤・夜勤があって不規則な生活でした。ですから、公務員のヒデマロさんが週末に会いに来てくれても、ずっと一緒に過ごせるわけではありませんでした。ともすると、三十分しか会えないこともありました。そんなときのヒデマロさんは、私が仕事に出かけている間、私の部屋で何時間もマンガ雑誌の『週刊少年ジャンプ』（集英社刊。以下『ジャンプ』と表記）を読んで過ごしたり、昼寝をしていたりして、帰りを待っていました。そして、一緒にご飯を食べるだけで、また四～五時間かけて帰るのです。遠距離恋愛を苦にもせず、私のどこが好きなのか尋ねると、少し間をおいてから、「全部」と答えてくれます。子どもの頃から父に「お前なんかろくでもない」とか「お前が保健師や看護師になるなんて世も末だ」などと言われ続け、自己否定感でいっぱいだった私にとっては、すべてを認め受け入れてくれることは、最上の喜びでした。ヒデマロさんは、素直で、平和で、穏やかな男性で、まさしく父とは正反対の理想の男性でした。
私はこの人と結婚したいと思いました。私はこの人となら、穏やかで、平和に暮らせて、もし子どもが生まれたら、家族として、共に笑ったり泣いたりして喜びや悲しみをともに味わっていけるのではないかと感じました。ヒデマロさんもそう思ってくれているように勝手に感じてしまいました。

出会ってから二年目の記念日、私もヒデマロさんも二十代半ばとなっていました。私はいつもより少し高級なレストランを予約して、ムード作りを自ら演出し、ヒデマロさんからのプロポーズを待ちました。けれど、食事やレストランの雰囲気について、

サラヨ「おいしいね」
ヒデマロ「うん、おいしいね」
サラヨ「ステキなお店でしょ？」
ヒデマロ「うん、そうだね」
サラヨ「こんなところでプロポーズされたら、嬉しいだろうなぁ〜」
ヒデマロ「ええ……ああ……そうだね」

といった会話がぽつりぽつりと交わされるだけで、帰途につきました。帰り道も、いつもよりもロマンチックな川沿いをゆっくり歩き、ヒデマロさんからのプロポーズを待ちました。そ

れでもヒデマロさんは景色をぼんやりと眺めながら歩くだけで、結局、私の家に到着してしまいました。私は、そのときになってようやく、「何度もチャンスがあったと思うんだけど、プロポーズしてほしいな」と率直に気持ちを言葉で伝えました。すると、ヒデマロさんはこう言いました。

ヒデマロ「そうだね……プロポーズって、どうやってすればいいんだい？」
サラヨ「えっ？　歩きながらふと止まって、『結婚しようよ』って言ってくれるとかさ……」
ヒデマロ「そうか、じゃあ外に出ようよ」
サラヨ「……」
ヒデマロ「どの辺りを歩けばいいんだい？」
サラヨ「……」

結局、マンションの周りをぐるぐる歩きながら、ふと立ち止まって「結婚しようよ」と無表情で言ってくれました。そして、プロポーズを了承した私にこう問いました。「これでいいかい？　いいんだね？　ニャンキー」「……ありがとう」

客観的にみると、オウム返しの返事や、軽い冗談のつもりで言った「会いたい」に猪突猛進《ちょとつもうしん》の勢いで来てくれるのも、複雑な感情に関わる問いについて深く話し合えないのも、相手の様子から気持ちを察したり場の空気を読んで行動したりするのが困難なのも、なんだかちょっと変な感じです。しかし、当時の私には、ヒデマロさんが「人よりもシャイなだけ」で、「恋愛に夢中になっているがゆえの行動」であり、「相手を傷つけないように言葉を選んでいる」のかな……と前向きに感じました。

サラヨのひとりごと

- 言った通りのことを文言通りに素直に実行してくれたことが嬉しかったはず。私は自分の「嬉しい」という気持ちを具体的に逐一、言葉や体で表現して、もっと相手に具体的に示し、見本を示していけばよかったのではないだろうか。具体的な表現が、私も足りなかったのではないだろうか。

4 結婚

結婚への段取りはたくさんあります。

披露宴の準備などで私が困ることはたくさんありました。私はそのつど、ヒデマロさんに段取りを手伝ってほしいことを伝えていました。

サラヨ「披露宴の出欠の返事、ヒデマロさんの職場の方は、来てない人に連絡して聞いてくれないかなー？」

ヒデマロ「………べつに、まだいいんじゃない？」

サラヨ「そういうわけにはいかないよ。席決めとかあるし」

ヒデマロ「そうなんだ」

サラヨ「電話してくれると嬉しいな」

ヒデマロ「電話？　なんて聞けばいいんだい？　ニャンキー」

サラヨ「……」

もちろん、他にも、参加者の席順をどうするか、引き出物は何にするか、ＢＧＭは何にするか……など、私はせっかくの人生のビッグイベントを二人で感動したいと願い、いろいろと一緒に決めていこうとしました。けれど、そのたびにヒデマロさんの返事は、「席順かあ……。別に……」「○○さんの引き出物は使っていないなぁ～、今どこにあるだろう？」「ＢＧＭも、衣装もニャンキーが決めていいよ」というようなモヤモヤした返事や、興味が感じられない受け応えでした。そのことを、友人や同僚に相談しても、「ステキな恋愛結婚でおノロケ話？」「結婚の準備なんて、結局は女のイベントだから」「マリッジブルーってやつ？」などと言われるだけでした。

私は本来の仕事と並行して、プライベートの時間はすべて、結婚式や披露宴の準備に追われていました。それでも、私はヒデマロさんに驚いてほしくて、こっそりＢＧＭをヒデマロさんの好きな歌手の曲にしたり、逆にヒデマロさんにも私を感動させてほしくて最後の挨拶《あいさつ》を頼んだりもしました。ヒデマロさんが、「（挨拶って）どんなことを言えばいいんだい、ニャンキー？」と私に聞いてくるので、「一般的にはこういうことを言うものだよ」と解説しました。すると、当日は私が言った通りの挨拶をしてくれました。シャイなヒデマロさんが、たくさんの人の前でスピーチしてくれたことに私は満足し、ヒデマロさんも職場の人や上司の前で「自分は頑張った！」という高揚感があったようにみえました。

サラヨのひとりごと

・ヒデマロさんは、二人だけの時は結婚式の挨拶のことなどどうでもよさげだったが、いざ、ヒデマロさんは挨拶をしてうまくいったときに、社会的に（職場の同僚など）に認められると嬉しそうにみえた。社会的自尊心[11]や社会的な立場、体裁をみたすことは、ヒデマロさんの価値観に大きく影響しているようだ。プライドもあったと思う。

・実際に、私はいわゆる「マリッジブルー」に陥っていたのかもしれない。解決方法の一つには、「自分が抱えている不安を結婚相手と共有し、一緒に考える」などがあげられる[13]。私は、ヒデマロさんに、自分の不安を上手く言葉にして伝えることが不足していたのかもしれない。

5 永遠の新婚生活？

結婚したのに別居生活というのがイヤで、私は結婚を機に看護師の仕事を退職しました。ヒデマロさんが勤務する小さな町へ引っ越して、二人の共同生活が始まりました。

結婚して一緒に生活するようになると、どうしても家事をどうするかという問題が出てきます。私はそこで初めて、ヒデマロさんが「家事が非常に苦手」ということを感じました。付き合っていた頃は、外でのデートや私の家に来るということが多かったので、何時間もかけて会いに来てくれるヒデマロさんのために、私はおいしい料理を準備し、部屋を掃除しておもてなしの心でいたので、ヒデマロさんが家事に直面することはありませんでした。

ヒデマロさんは仕事から帰ってくると、「ニャンキー、ご飯、まだ？」と言って、普段着に着替えて『ジャンプ』を読んで床に寝転がるといった毎日でした。それでも、ご飯を作れば残さずに食べてくれるし、「幸せだね」と言うと「幸せだね」と同じ言葉を返してくれます。他者から見ると、ステキなだんなさんなのだと思いますし、新婚生活というのはそういうものかもしれません。

私は結婚した当初、仕事を辞めたこともあり、専業主婦という道を選択していました。ですから、「ヒデマロさんは外で苦労しながら働いて（稼いで）くれるのだから、料理や掃除や洗濯は妻の私がするのが当たり前」と思っていました。激しい性格の私の父を思うと、理想の男性と結婚できたのだから、私も理想の妻でなければならないという気持ちもありました。

サラヨのひとりごと

- 理想の妻でありたいと必要以上に頑張りすぎた自分もいたようだ。無理をしなければよかったのかもしれない。「頑張りすぎない自分」をもっと認めて、早い段階から、相手に具体的に、自分のできないことも伝えていけばよかったのかもしれない。
- 私自身、「こうあるべき」という自分へのプレッシャーによって、自分自身を追いつめてしまっていたのかもしれない[14]。
- 私は自分の感情や、思っていることすべてを口に出して言葉にして説明するようにすればよかったのかもしれない[3]。そうすることでヒデマロさんは納得したかもしれない。そして私も「自分がどうなりたいのか」、感情を整理できたのかもしれない[10]。

6 妊娠・出産

結婚しておよそ一年が経った頃、私は妊娠しました。私は妊娠がわかって母としての自覚が生まれるとともに、この先の育児を考えるとヒデマロさんにも少しは家事を分担してもらわなくてはならないと思うようになりました。

まずは簡単なものから始めようと思い、ゴミ出しを頼みました。頼んだときには文句を言うこともなく引き受けてくれました。かえって、ゴミの分別に無頓着《むとんちゃく》だった私よりも、率先して分別をやってくれたくらいです。ヒデマロさんのゴミの分別には、多大な時間がかかりました。それは、捨てるものの表示を一つ一つ確認しながら、正確に分別していくからです。水でゆすぐのが面倒でつい燃えないゴミに私が捨ててしまったお惣菜のプラスチック容器も、一旦ゴミ袋から出してきれいにゆすいで移し替えます。このケースは紙類、だけど取り出し口はプラスチック、ふたはアルミだから燃えないもの……表示を丁寧に読んで、その通りにすべて分別していくのです。また、プラスチックや紙類のゴミ袋には、ヒデマロさんが懸賞に応募すると言っていた商品のシールやバーコードが付いたまま捨てられていることを発見します（家事や料理をしているうちに、私がいちいち取っておくのが煩《わずら》わしくなって、こっそり捨ててしまったものなのです）。そうすると、「○○パンのシールが付いたままじゃないか！」「△△納豆のバーコードは懸賞に使うから捨てちゃダメだよ！」と不機嫌になって、ゴミ袋から次々とゴミを出して部屋に戻していきます。ヒデマロさんの「懸賞」に対する熱意（こだわり？）には頭が下がる思いでした。

ヒデマロさんが一生懸命手伝ってくれていることに変わりはないし、慣れれば早くできるようになるかもしれません。ですから私は、「ヒデマロさんがやってくれて、とっても助かるよ。私も懸賞の商品（のゴミ）を捨ててしまわないように気をつけるね」と褒《ほ》めて見守り続けました。

私は二十代後半になりました。そして、出産が近づくにつれて、体調が不安定になってきました。お腹が張り、一時期入院もしてしまいました。私は、ヒデマロさんにも料理や洗濯や掃除も覚えてもらおうと思いました。

まず、洗濯をしてもらうように頼むと、衣服に付いているタグを一つ一つチェックしながら、「これは手洗いをしないといけない」とか「この服とこの服は一緒に洗っちゃいけない」とか、いつまで経っても全自動洗濯機のスイッチは押されません。しかたがないので、私が洗濯機を回して、「脱水された洗濯物をかけて」と頼むと、ただ洗濯ロープにひょいひょいとかけるだけです。「しわをのばして干してほしい」ことを伝えると、今度はシャツからズボン、タオルにパンツ、そしてブラジャーに至るまで、一つ一つを床に置いて丁寧にしわを伸ばして干しています。何時間かかるかわからない作業が始まりました。しょうがないので、また洗濯物の種類によって干し方が違うことや、服などはしわが見えているところだけ伸ばすようにすればよいことを説明しました。不思議なことに、次の日、同じことを頼んでも、干し方を忘れており、同じやりとりが繰り返されることも多かったです。

次に、掃除をお願いしたら、まさに「四角い部屋の見えているところだけを掃く」という掃除機のかけ方でした。結局、部屋の掃除は私がやったほうが早いと思い、諦めることにして、風呂やトイレの掃除をお願いしました。すると、とても丁寧にやってくれてピカピカにしてくれました。思えば、掃除機をかけるときには、物を移動させたり、散らかっているものを片づけたりして複数の作業を同時に行わなければなりません。その点、風呂やトイレは、狭く掃除の見通しがもてる空間であり、はじめから物があまり置いてありません。しだいに、ヒデマロさんはトイレやお風呂掃除の洗剤にも詳しくなり、「○○のカビ取りは威力がすごい」「スポンジは△△が一番だ」と、買い物にもこだわりを見せる徹底ぶりでした。

ところが、料理は苦手でした。袋入りの焼きそばを作るにしても、私が近くにいて説明しなければなりませんでした。やってはくれるのですが、ものすごく時間がかかります。

ヒデマロ「にんじんは何本使うんだい、ニャンキー?」

サラヨ「とりあえず小さめのを一本でいいよ」
ヒデマロ「キャベツはどれくらい使うんだい、ニャンキー？」
サラヨ「四分の一玉くらいかな」
ヒデマロ「使わない残りのキャベツはどうすればいいんだい、ニャンキー？」
サラヨ「ラップで包んで冷蔵庫の野菜室に入れておいて」
ヒデマロ「肉はどれくらい使うんだい、ニャンキー？」
サラヨ「冷凍庫にストックしてある豚肉を使っていいよ」
ヒデマロ「まだ凍っているじゃないか、切れないよ、ニャンキー」
サラヨ「レンジで解凍すればいいよ」
ヒデマロ「わかった。じゃあ、にんじんはどれくらいの大きさに切るんだい、ニャンキー？」
サラヨ「火が通るくらいの薄さと大きさでいいよ、適当でいいよ！」
ヒデマロ「それは、何ミリなんだい、ニャンキー？」
サラヨ「えーと……」

　具材を切り終わると、ようやく炒め作業に入れます。

ヒデマロ「鍋はこれを使えばいいのかな、ニャンキー？」
サラヨ「いや、鍋よりもフライパンのほうがいいと思うよ」

ヒデマロ「わかった。油はどれくらい入れればいいんだい、ニャンキー？」
サラヨ「適当でいいよ」
ヒデマロ「適当って？　ニャンキー」
サラヨ「じゃあ、私がストップって言うよ（大さじとかで言うのが面倒だった）」
ヒデマロ「わあああああっ！　入れすぎちゃったよ、ニャンキー！」
サラヨ「キッチンペーパーで少し吸い取ればいいよ」
ヒデマロ「そうか、わかった。次はどうすればいいんだい、ニャンキー？」
サラヨ「……」

洗濯の仕方がわからないことなども含めて、私はヒデマロさんが今までどうやって暮らしていたのか気になり、ヒデマロさんに聞いてみました。実家にいるときは、義母（ヒデマロさんの母）がすべてやってくれていて、一人暮らしを始めても寮でご飯が出たし、コンビニもあったので、べつに困ったことはなかったのだそうです。もともと物が少ない部屋に住んでいたので掃除もできたし、寮の洗濯機には乾燥機がついていたりして困らなかったのかもしれません。私は、「そうか……それなら、家事ができなくてもしかたがないのかな？」とも思いましたが、何度も何度も、「ニャンキー、次は何をしたらいいんだい？」「ニャンキー、これでいいのかい？」「ニャンキー、○○ができたよ！」と聞かれたり報告されたりするのに疲れて、なかば怒り気味に対応したこともありました。けれど、ヒデマロさんは家事をすることに文句を言うことはありませんでしたし、逆に、私がそばにいてくれるので嬉しいのかな……？　と感じるほどでした。ヒデマロさんは、トイレやお風呂の掃除などは、私よりも上手にできるようになりました。

世の中には「どうしてオレがこんなことをやらなくちゃいけないんだ！」「主婦なんだから、おまえがやって当然だろう！」と怒る夫もいるかもしれません。実際に、私がヒデマロさんの家事の様子を友人や知り合いに相談すると、「今までやったことがなかったんだろうし、しょうがないわよ」「言われたことをやってくれるだけでも、協力してくれるステキなだんなさんだわ」と言われることがほとんどでした。そのなかには、「子どもが生まれると、必要に駆られて自然と家事をしてくれることもあるみたいよ」などと励ましてくれる友人もいました。私自身も、そういうものなのかもしれないと淡い期待を覚えつつ、とーま（長男）を出産しました。

サラヨのひとりごと

・妊娠は大きなポイントとなる出来事だと思う。女性は、彼女から妻、妻から母へ、意識も役割もどんどん変わっていく。ヒデマロさんは、サラヨの変化に戸惑っていたのかもしれない。そして、人生の中での自分の「夫や父としての役割の変化」の必要性や、場面ごとの切りかえ方法がわからなかったかもしれない。

・自分にはない、ヒデマロさんの良い意味での「こだわり」をもっと生かして、日常生活に取り入れることができればよかったかもしれない。

・ヒデマロさんにはない能力を求めてしまい、本人の苦手な部分に目がいってしまった。ヒデマロさんの得意なことを上手に探して、生かしていければよかったのかもしれない。

祝・妊娠

もう赤ちゃんも動くようになったよ
ヒデマロさんとの初めての子だよ!
パンパカパーン
ここ動いたよ! 触ってみて!
触る
動いたね!
オレたちの赤ちゃん!!
想像…
オレ育てられるかなぁ…!?
テレテレ

じーっ
「触ってみて」と言われたから触っている
あの……
動いたでしょ!? どう!?
「どう」って……
動いたよ
言われたことをやり終え、『ジャンプ』を読むヒデマロさん
少年ジャンプ
ちょっと反応が拍子抜けだけど生まれてくる子のためにビデオを撮っておこう……

洗濯物かけて

ある日――
なんだか……
体調が悪い……
あの……ヒデマロさん……
お腹が張ってきて体調も悪いの申し訳ないけど洗濯物かけてくれないかな……
脱水してかごには入れたんだけど…かけてくれないかな……
ふーん

えっとぉ……
ひょいっ
ひょい
怒らない
怒らない……
褒《ほ》めて伸ばす
褒めて伸ばす……
あの……
ヒデマロさん洗濯物をかけてくれるのはうれしいのありがとう
だけど……
しわを伸ばしてかけてくれるかな……

しわを伸ばせば
いいんだね
ニャンキー
えっとぉ……
一瞬
無言
床で
しわを
キレイに
伸ばして
いる
こうやって
Tシャツみたいなのは
パンパンって
やってね……
それでね……
パン
パン

……って……
……
……
もうやだァァァァっ
子どもじゃないんだし！
私がやった方が早いっ
次はどうすればいいんだい？
ニャンキー♡

数日後——
あー
ヒデマロさん
お腹が
張って
体調
悪し
お医者さんに
安静にしないと
ダメだって言われたの
ふーん
ポリ
ポリ
あの……
私
具合
が
悪いから……
脱水かごに入れた
洗濯物を
干して
ほしいな……
干すんだね
ニャンキー
少年ジャンプ

えっとぉ……
しわを伸ばしてかけてほしい
ひょい
ひょい
……って……
つい数日前にも同じようなことが……
あの……
なぜか涙
私がやるね……
ふら〜

従兄弟《いとこ》の急逝《きゅうせい》

ある日……
えーっ!
(従兄弟の)
○○ちゃんが亡く
なったってーっ!?
うそっ!
信じられないーっ
あんなに元気
だったし
私と遊んで
くれたのに
……!?
わなわな
あ…
そう。明日の
6時から通夜で
場所は□△市の
○○会館で……
メモ
メモ
………
ショック……
カチャッ
←しばらく
呆然….。
悲しい
けど…
色々
準備しなくちゃ
……

悲しみと混乱……
考えるコトいっぱい
とーまも小さいから汽車の長旅もキツイな…
急すぎて託児所にあずけることもできないし…
離乳食とかオムツとか…
おたーたん（お母さん）
車で行った方がいいのかな…
わなわな
数珠とか香典とか喪服とか…
あ！他に連絡するところはあったかな…
とりあえずヒデマロさんに聞いてみよう……
しゅんっ
カチャッ

ただいまーっ♪
あ……
……
あのね…
ヒデマロさん——っ
今、電話が来て……
号泣《ごうきゅう》
私の大好きな大事な従兄弟の○○ちゃんが亡くなったんだってーっ!!
通夜は□△市の○○会館なんだって…
出席したいし……
うっうっ
ひっくひっく
悲しいけどとーまのこともあるし……

しかも
明日の6時
からなの
……
どうしよう
……
……
チーン
鼻をかむ音
……
……
って？
ちろっ
んー…
(ぼくは)
明日の6時から
飲み会があるんだ。
ポリポリ

……
…で？
……
？
し〜〜ん
……
……
ポリポリ
あ……
じゃあ、飲み会の件、考えてみてくれない？
ん……

あ……
そ、そうだよね…
急だもんね…
会ったこともない従兄弟だもんね…
急に言われても困るよね…
とーま、どうしようかなぁ…
じゃあさ…
香典どうしようかなぁ……
「どう」って…？
んーー…
しーん
……？

あ……
じゃ、じゃあさ…
3千円にする？
5千円にする？
↑わかりやすく二択の問題にしてみた
5千円で
いいんじゃないかなぁ
あ…
そうだね……

何だろう……この複雑な気持ちは……
コラコラ

⑦ サラヨ考

1.「アスペルガー症候群」の特性、パートナーの思い

「アスペルガー症候群」には三つ組の関係とされる以下のような特性があるそうです。(1、4、5、11)

①対人関係を築くのが困難

これは、「場」の空気が読めず、集団生活のルールや基本的なマナーが理解できないという特性です。この場合、本人に悪意はなくても、相手に合わせた会話ができずに、率直な発言をしてしまい誰かを傷つけてしまったり、その場には不適切な言動をとってしまい周囲の人から反感を買ってしまったりすることがあります。

しかし、パートナーとの関係や立場によっては、このような男性は「無邪気で素直な人」「いつまでも少年の心を忘れないステキな人」と感じたり、場合によっては「上司に対してや、重い雰囲気のなかでも意見を言える勇気ある人」に見えたりすることもあり、良さと言えるか

もしれません。とくに、複雑な事情や業務が多い介護や福祉、医療関係の仕事をしている女性にとっては、この裏表のなさに安心や癒しを感じることも多いかもしれません。しかも、このような職種の方々は、その職業に携わるなかで、その特性によって困っている「アスペルガー症候群の男性」と、「違和感や反感を抱いている周囲の人や社会」との「通訳」や「ガイド役」となる熱意や素質、才能を自然ともっているのだと思います。

②会話が成立しづらい

これは、言葉による意思伝達が苦手で、相手や周囲の人に誤解されやすいという特性です。つまり、「アスペルガー症候群」をもつ人の多くは、感じたことや思ったことをうまく言葉で表現するのが難しいともいわれています。また、自分の感情を表情に表したり、ボディランゲージで伝えたりするのが苦手な人もいるかもしれません。

このような男性に出会った女性は、まさに「子どもを見ているような感覚」に襲われるでしょう。小さな子どもは、うまく自分の気持ちを誰かに伝えることができません。もちろん、その男性は、すでにもう子どもではありませんが、「私がなんとかしてあげよう」「助けてあげよう」という母性本能が働くのも自然の流れといえます。加えて、思いやりがあり共感性のある女性なら、「きっと彼は今○○したいのだな」「こうしてあげたら助かるだろうな」ということが予測できてしまいます。相手の気持ちをくみとることがとても上手なのではないかと思います。そして、それを彼の代わりにしてあげることもできてしまうのです。「彼のためにしてあげる」ことに喜びを感じる場合もあるかもしれません。しかし、これは実際に付き合い始めたり、結婚したり、出産したりしていくなかで、女性にとっては苦痛に感じるようになる可能性を秘めているのです。

③こだわりが強く、想像力に乏しい

これは、一定の手順やパターン化された作業や生活を好み、予定外のことが起きたときにどうするのがよいのかを想像できないという特性です。「アスペルガー症候群」をもつ人の生活は、すでに本人の中で一日（一週間、一か月……）のスケジュールが立てられていることが多く、女性にとっては、一見すると規則的に仕事をこなしながら、安定した生活を歩んでいるように感じることも多いといわれています。また、興味のあることには没頭し、専門的な知識や技術を得ることを苦にもせず邁進《まいしん》するという良い特性でもあるので、女性にとっては研究肌・職人肌の男性として魅力を感じることもあるかもしれません。とくに、女性自身も利発で、チャレンジ精神にあふれた人ならば、「この人と生活してみたい」「この人に家庭生活の喜びを味わわせてあげたい」と思うかもしれません。

実際に、私もヒデマロさんに「家族で思い出作り（イベントや行事）をすることの喜びを味わわせてあげたい！」と最初は頑張っていました。

2.「アスペルガー症候群」の男性と結婚する女性に多い？

私の経験・体験や、寄せられた読者の方の声や、私が参考にした書籍(1,2)をもとに、「アスペルガー症候群」の男性と結婚する女性に多いといわれているタイプをまとめてみました。

・介護、福祉、医療関係の職に就いていることも多い
・母性本能にあふれている人が多い
・かゆいところに手が届く包容力にあふれている人が多い
・利発で、たいていのことは自分でできてしまう人が多い
・感情が豊かであることが多い
・非常に直観的で、共感性と思いやりに富んでいることが多い
・相手との関係においてチャレンジを好む傾向が強いことも多い

当てはまるとは限りませんが、いかがでしょうか。

3．私も「アスペルガー症候群」の男性と結婚する女性のタイプでした……

私は、ヒデマロさんと付き合っていくなかで、自分の父とは違う「素直さ」や「無邪気さ」に魅かれました。何よりも「感情の起伏の無さ」は、私が子どもの頃から常に父の機嫌をうかがい脅《おび》えていたような生活にはならないという安心感にもつながりました。また、その気性のせいか転職の多かった私の父に対して、ヒデマロさんは公務員だったこともあって安定した収入があり、さらに、自分の仕事を苦にすることなく誠実に毎日を過ごしています。地味だけど誠実に頑張る人なのだから、「コミュニケーションが苦手なら、どうすればいいのか私が教えてあげればいいじゃないか」「家事が苦手なら私が助けてあげればいいじゃないか」と思いました。そのうちに、感情表現が苦手なヒデマロさんを「私が笑わせてあげたい（楽しませてあげたい）」「私が感じるような喜びというものを、ヒデマロさんにも味わわせてあげたい」と願うようになり、結婚しました。

私はヒデマロさんにとって「特別な存在である」ことを嬉しく思い、いろいろな違和感や悩みを覚え始めながらも、一生懸命過ごしていました。結婚当初は知る由もなかったわけですが、自然と、私はヒデマロさんの「援助者」[1,2]になっていたのです。

カサンドラになりやすい女性

ニャンキー
お腹空いた
赤ちゃんがぐずっているから時間かかるけど、ごはん作るね
少年ジャンプ
ニャンキーこれ、どうやって切るんだい？
こうやって切ったらバーコードだけうまく切れるよ
教えてあげるね
ニャンキー
職場への転勤のあいさつ状どうやって書けばいいかなぁ
転勤族
おーい置いておいて私がやっといてあげる
よしよし
おかーさーん

23
火曜日
少年ジャンプ
ニャンキー
火曜日だ
『ジャンプ』を
読む日だ
発売日だ
ポリポリ
おー
今日火曜日だと
思って
買い物の
ついでに
『ジャンプ』も
買っておいたよ
ありがとう
えっ
ポリポリ

ありがとうなんて言葉は私の家にはなかった……
父
父の暴言に脅《おび》える緊張の日々しかなかった……
それに比べれば私はきっと幸せ……
ヒデマロさんや家族を喜ばせてあげたい……
がんばらなくちゃ……
がんばらなくちゃ……

私の育った
家庭に
比べれば……
あの父に
比べれば……
ずっと私は幸せなはず…
がんばらなくちゃ!
……
キャッ
キャッ
お母さん
抱っこ〜

サラヨのひとりごと

・ヒデマロさんが自分から「ありがとう」と言ってくれたことだけで大事件として覚えているくらいの出来事だった。ヒデマロさんが自分から「ありがとう」と言ってくれるまで数年かかった。もし、もっと早くに私が「ヒデマロさんは発達課題のある人かも!?」と少しでも思っていれば、たぶん私は「ヒデマロさんへの対応」が違っていたと思う。特性に応じてコミュニケーションの仕方を教えようと努力したと思う。

Ⅱ アスペルガー症候群の男性との育児

1 とーま誕生

私は二十代後半に、長男のとーまを小さな町の病院で出産しました。出産時期が近づくと、初産だったこともあるし実母も他界していたので、いつ陣痛が起こってもいいように、私は自分で出産や入院の準備を始めました。ヒデマロさんにも、陣痛が始まったらすぐに病院に送ってくれるように早い時期から頼んでおきました。

とーまは元気のよい赤ちゃんで、幸い安産でした。私は生まれたばかりのとーまを胸に抱き、母になったことを実感しました。とても嬉しかったのです。私が出産・入院している間、ヒデマロさんは仕事で職場にいる時間や、睡眠をとるために家に帰る時間をのぞくと、ほぼずっと私ととーまのそばにいてくれました。

サラヨ「仕事は大丈夫なの？」

ヒデマロ「『子どもが生まれた』って言ったら、みんな驚いて『早く帰っていい』『そばに行ってやれ』って言ってたよ」

サラヨ「ご飯とか、家のほうは大丈夫？」

ヒデマロ「コンビニで買って食べてるよ」

サラヨ「明後日には退院できるかもしれないんだ。これからは三人の生活だね」

ヒデマロ「そうだね、ニャンキー」

私は、自分が母になったことを嬉しく思っているように、ヒデマロさんも父になったことを喜び、とーまのために頑張ろうとしてくれているのだと思っていました。しかし、退院し赤ちゃんのお世話や家事であたふた動き回る私を見ても、「ニャンキー、お腹空いたね、ご飯まだ？」とヒデマロさんは『ジャンプ』を読んでいました。

とーまはすくすくと成長しましたが、とくにヒデマロさんに変化はありませんでした。とーまが生まれて間もない頃までは、まだ、「私が頑張れば大丈夫」と思っていたし、実際に家事も育児もなんとかこなせていました。説明に時間はかかっても、ヒデマロさんは私が言えばその言葉通りに家事や育児を手伝ってくれたし、「子どもの成長に関わる喜びをヒデマロさんにも味わわせてあげたい」という熱意もまだ残っていたのだと思います。私はまだヒデマロさんにとっての「援助者」でいられたのです。

しかし、とーまが生後半年ほどたったとき、ヒデマロさんの転勤が決まりました。私は妻として母親として、家事と育児と引っ越しに追われる毎日が続きました。そのときに、私は初めて、ヒデマロさんが転勤族だったわりには、引っ越しの段取りや、見通しが非常に苦手な人だということに気がつきました。たぶんそれまでは、実家を出るときには義父母（ヒデマロさんの父母）が手伝い、寮を出るときには義父母や同僚が手伝い、ときには業者にやってもらい、どうにかなっていたのだと思います。

私は幼いとーまを抱っこして、家事や育児の合間に、引っ越しの荷造りを始めました。義父母や妹に手伝いを頼むには、車で七～八時間かかるその町は遠すぎました。かといって、引っ越し業者に全部やってもらうにはかなりの費用がかかります。どれくらいの費用がかかるかを告げると、引っ越しの苦労を知らないヒデマロさんは、すぐに難色を示しました。「家具や電化製品などの大きな物の梱包は、自分の同僚や業者が手伝いに来るからそんなに手間はかからないし、あとは家の中の物を段ボールに入れるだけなのに、業者に頼む必要性がわからないよ」と言うのです。けれど、ヒデマロさんが家の引っ越しの荷造りをすることはありませんでした。ヒデマロさんは、「ニャンキーが手際よくこなしているので、なんの問題もない」と思っている様子でした。ヒデマロさんは、あきらかに私が疲れてよろよろしていても、家事と育児と引っ越し準備にてんやわんやで困った顔をしていても、仕事から帰ってくると、いつものように普段着に着替えて『ジャンプ』を読んで床に寝転がり、「ニャンキー、ご飯、まだ？」のままでした。私は漠然と苛立《いらだ》ちや不満を感じ始めました。そして、四月、私たちは引っ越しました。

サラヨのひとりごと

- 何事も「段取りが苦手」「見通しを立てるのが苦手」ということが、「夫の生まれつきの個性」だと、理解していたら、私は諦めがついたり、夫に対する態度を変えたりするなどして、夫を許し、気持ちが楽になっていたのかもしれない。
- 自分ひとりで抱え込まないで、例えば赤ちゃんの託児サポートを利用するなどして、社会資源を活用すればよかったのかもしれない。
- 「自分は疲れている、それは、家事と育児と引っ越し準備で忙しいから。だから食器を洗って手伝ってほしい」……というように、相手の想像力のいらない、率直、かつ具体的な、短い言葉で、相手に自分の気持ちを「私は」を主語にして伝えるように、根気強く頑張っていったらよかったのかもしれない。

2 とーまとのコミュニケーション

ヒデマロさんにも父親としての自覚をもってもらいたかったし、子どもともコミュニケーションをとってほしかったので、私はいろいろなお願いをしました。お願いというよりも、指示といったほうが適切かもしれませんが、色々頑張ってやってもらいました。「とーまを、抱っこしてあげていて」と頼むと、抱っこしてソファーに座りぼんやりとテレビを観ていたり、とーまがヒデマロさんのメガネをつかむと、「こらこら」と言いながら接してくれたりします。「ご飯を作るから、少しの間、とーまの様子を見ていてくれる?」と頼むと、とてもキラキラした目で、とーまが一人遊びしているのをじっと見ています。とーまが泣いても困っても危ないことをしようとしても、とりあえずじーっと見ているのです。つまり、「言ったこと」はヒデマロさんなりに正確にやってくれました。けれど、子どもの様子を察して自分から何かするということは苦手なようでした。

四月に中都市での生活を始めてから半年が経ち、とーまが一歳になった頃、またしても引っ越すという事態になりました。四月の引っ越しで、ヒデマロさんが引っ越しの段取りが苦手ということを感じていた私は、はじめから「ヒデマロさんにも手伝ってもらう」というように考えることを諦めてしまいました。とーまに注意を払いつつ、一人で荷造りをして自分の車で運べるものは少しずつ新居へ運び、最後の業者との交渉や役所などへの手続きも済ませました。

サラヨのひとりごと

- 子どもの世話を頼むときは具体的に、例えば「子どもがけがをしないように抱っこしていてほしい」など、根気よく指示すればよかったのかもしれない。
- 「私は疲れている、なぜならこれこれこうだから」「だから、なになにしてほしい」と順序だてて、細かく気持ちやしてほしいことを伝えていけばよかったのかもしれない。
- 「大変だ、苦しい」という気持ちを察して、ねぎらってもらうだけでもサラヨは嬉しかったはず。しかし、パートナーにとって「相手の気持ちや表情を察する」ということは至難の業《わざ》かもしれない。相手に「期待」してしまうからこそ「失望」も大きく、ストレスもたまるので、最初から相手に「期待しすぎない」という、ある意味「諦め力《りょく》」も重要だ。

3 ぴーな誕生

私は三十代になり、ぴーな（長女、第二子）を出産しました。偶然にも、出産日の前々日に、私の妹が、出産間近の私の体調を心配して来てくれていました。私は、とーまの出産のときにヒデマロさんが掃除や洗濯を一切していなかった記憶や、料理が苦手ということを考えると、ぴーなの出産や入院中の生活がどうなるのか不安でした。そんな私の不安を見透かすように、妹は「ぴーなが生まれたら、入院中の家事やとーまの世話をするから、安心して産んで養生しておいで」と宣言してくれました。そして、まるでその宣言を待っていたかのように、その夜に陣痛が始まりました。ヒデマロさんは、私の妹に「私が家にいるから（とーまの面倒をみるから）、お姉ちゃんを病院へ連れていって見ていてあげて」と言われたので、その言葉通りに車を出して私を連れていってくれました。ですから、ぴーながまるで計ったかのように生まれてくれたおかげで、家にいるとーまの心配をすることなく出産することができました。

ヒデマロさんは、私の妹の言葉通りに、ずっと私のそばにいてくれました。一般的な夫なら、とーまの様子を気にしたり（面会に連れてきたり）、あまり身動きできない私の体調を察して食事や飲み物、ティッシュなどの備品を買いに行ったり、私に労《ねぎら》いの言葉をかけてくれたりするのかもしれません。けれど、ヒデマロさんは文字通り、じーっと、私を見ているだけでした。大部屋の他のお母さんや看護師さんから、「いつまでも仲がいいご夫婦なんですね～」とたくさん冷やかされたほどです。

その頃には、私ははっきりとヒデマロさんの言動に違和感を覚え始めていました。そして、その違和感はさまざまな出来事を通して明確なものとなっていきました。

サラヨのひとりごと

- 私の実母は亡くなっていたのでその助けはなかったが、妹が助けてくれていた。妹のような存在がない人（親族の助けが得られない人）は、社会資源や行政のサービスや、市町村の窓口に相談してみるのもいいかもしれない。友人の助けも借りたらいいのかもしれない。もっと上手にSOSを自分から出せていたらよかったのかもしれない。
- この時に、もし今のように「カサンドラの自助グループ」や「ブログ」「掲示板」「書籍」などがあれば、私は「仲間がいるんだ」と、頑張る気力になっていたかもしれない。

4 散々な山菜採り

ぴーながハイハイができるかどうかといった時期だったと思います。とーまは幼稚園の年中さんでした。ヒデマロさんは、付き合っている頃から、毎年のように、山菜採りに行くのを楽しみにしていました。山菜の穴場も熟知していて、毎年のようにたくさん採ってきては、嬉しそうに私に報告してくれていました。そうはいっても、ヒデマロさんにとって興味があるのは、「山菜を採る」ことだけだったので、収穫された山菜の処理はすべて私がおこなっていました。

その頃の私は、すでに家事と二人の育児で疲れを感じ始めていました。けれど、ヒデマロさんは、疲れた表情の私に、笑顔で何の悪意もなく言うのです。「ニャンキー、一緒に山菜採りに行こう！」

私は疲れていたし、ぴーなの面倒をみなければなりません。ですから、「とーまの思い出作りにはなるけれど、ハイキングか、ちょっとした山登りのような山菜採りはぴーながいると大変だから、今回は、とーまと一緒に二人だけで行ってきたらいいんじゃない？」と返しました。しかし、ヒデマロさんは、「ニャンキーと一緒に行くんだ！」と譲りませんでした。私は、ヒデマロさんが家族みんなでの思い出作りを望んでいるのかもしれないし、実際にとーまに自然を知ってもらうよい機会になるかもしれないと思い直しました。現地に着くと、ヒデマロさんは、とーまを連れて急勾配の斜面の山の中へと入っていきました。私はぴーなをおんぶひもで前抱っこして、ゆっくりゆっくり後を追いました。しかし、登っている途中で私は疲労の極地に達し、タイミングよく（?）ぴーながおむつにウンコをしたので、車に戻ることを告げて休んでいました。

少し経って、ヒデマロさんは車に戻ってきました。そして、満面の笑顔で、「ニャンキー、こんなに採れたよ！」と報告してくれました。けれど、そんなことよりも、私はヒデマロさんと一緒に登っていったとーまがいないことに顔面蒼白になりました。慌ててヒデマロさんに問うと、「あれ？　いつのまにいなくなったんだろう……？」と、のんびり言うのです。私はヒデマロさんに、「なんで、手をつなぐとか、ときどき様子を見るとかしなかったの？　何かあったらどうするの！」と怒り、叫びながら、慌てて再びぴーなを前抱っこして、とーまを探しに行きました。大人でも難関の斜面に、熊が出没するかもしれない山の中です。ヒデマロさんにも大声で名前を呼びながら探すように頼み、歩き回りました。

結局とーまは、少し登ったところにいました。どうやら、お父さんのスピードにはついていけないと感じ取り、不思議な虫を探して（虫や石が大好きだったのです）その場に留まってくれていたようでした。私は怒りと安堵《あんど》と疲労でいっぱいでしたが、ヒデマロさんは「何もなかったのだから、そんなに大騒ぎしなくてもいい」と言いました。

サラヨのひとりごと

- 自分は無理をしすぎていたと思う。できないことはできない、と、はっきり伝えたほうがよかったのだと思う。例えば、「ぴーながまだ赤ちゃんなので、危ないから連れていけない。だから「一人で行くか」「とーまと手をつなぎながら行くか」のどちらかにしてほしい……など。
- 怒りを感じていただけ、まだ私にはパワーがあったように思う。
- 私は「怒っている、なぜなら、これこれこうだから。普通の人ならこういう行動だけど、あなたはこういう行動をしている。だから怒っている」と、具体的に自分の感情を説明すればよかったのかもしれない。きっとヒデマロさんからみたら、私が勝手に騒いでいる理由が理解できなかったのかもしれない。

鏡が割れて大事件!?

ある日……
とーまの宿題をみなくちゃいけないいから、その間、ぴーなをみていいてくれない？
わかった
じ〜っ
すごく見ている
キラ
キラ
細長いスタンドタイプの姿見（鏡）
ハイハイするぴーな
くるっ
ぴーなの手

えっ!?
ガシャンっ
ぎゃあぁぁあっ
ぴーなの泣き声
鏡が割れて、ぴーなの頭を直撃!
ぎゃあああぁっ
鏡の破片《はへん》

私は複雑な思いで自分自身を追いつめていった……
じーっ
言われた通り「じ――っ」と見続けていた？
子どもの事故はよくある事かもしれないし…
私の言い方が悪かったのか？
夫に頼んだ私が悪かったのか…？
私がみていれば良かったのか…？
自責の念

後日談・・・
ぴーなは、鏡が当たった時に目をつぶっていたので破片《はへん》は入らず、救急外来では小さい破片を医師や看護師さんがドライヤーで吹き飛ばしてくれました。
ヒョォオー
ドライヤー
すり傷程度で良かったねぇ
ちなみに・・・・
大きくなったぴーなに聞いてみましたが、赤ちゃんの頃の記憶だったので全然覚えていないそうです。安堵《あんど》しました。
ホッ
へぇーーっ。そんなことがあったの。

5 ぴーなの入院

ぴーなが一歳少し前になったとき、原因不明の「特発性血小板減少性紫斑症（ＩＴＰ）」という病気になって即、入院となりました。私はその病気の発症の衝撃に耐えられず、すぐに当時三〇〇キロほど遠い地にいた妹に連絡しました。「どうしよう……！　ぴーなが死んじゃうかもしれない！」と、泣きながら電話口で事情を話す私の切羽詰まった状態を察した妹は、迷うことなく「これから向かう」と宣言してくれました。病室で、ぴーなを抱っこしている私のそばで、ヒデマロさんはとくに何をするでもなく、ただそばに立っていただけでした。妹が到着しました。

私にはヒデマロさんに冷静に指示したりする余裕はありませんでした。ぴーなは、泣いただけでも脳出血を起こす可能性がある重病で、泣かせないために、私は常にぴーなをあやし続けるしかなかったのです。すると妹が、「私がとーまの面倒をみる。だから、お義兄《にい》さんはここにいてください」と言ってくれました。ヒデマロさんは妹に聞きました。「そばにいればいいの？」「……お姉ちゃんはぴーなのそばを離れられないんだから、食事とか飲み物とか入院に必要なものの買い出しとかしてください。そして、考えたくはないけど、何かあったら困るでしょう？」「そうだね」

妹はすぐに家に一人残されているとーまのもとへ向かい、ご飯を作り寝かしつけてくれました。けれど、妹はぴーなの容体が気になって、まんじりともせずその夜は過ぎたと話していました。妹は翌日、念のため差し入れとしてサンドイッチを作って病院に持ってきてくれました。妹はヒデマロさんに、ぴーなの容体を聞きましたが、「とくに、変わりはないよ」と言うだけで、なんだかよくわからなかったそうです。それでも大変な状況だったことに変わりはないはずと妹は思いながら、尋ねます。

妹(のん)「サンドイッチを作ってきたんだけど、食べる？」

ヒデマロ「うん」

妹(のん)「いや、お義兄《にい》さんだけじゃなくて、お姉ちゃんは朝は食べたの？　夜は眠れたの？」

ヒデマロ「さあ、いや、うーん……」

妹(のん)「……」

この出来事が、妹も少しずつ違和感を覚え始めたきっかけだったとのことでした。

ぴーなは、数日間の闘病を経て、さまざまな愛の支えと、持ち前の生きるパワフルさで一命をとりとめました。もちろん、その数日間、ヒデマロさんは満足に職務をこなせないことになります。私はヒデマロさんに尋ねました。「職場への連絡はしたの？」「あ、休んでいいって」

「そう……」

確かに、子どもの命がかかっている同僚がいたら、迷わず誰しも「働いてくれないと困る」とは言わないと思います。というよりも、本当はたぶん、「病状はどうなの？」「この仕事は自分がやるから、おまえは病院にいてやれよ」と、職場内すべてに緊迫感と優しさがあふれたと推測します。事実、ぴーなが退院して、私がヒデマロさんの職場にお礼にうかがったとき、「奥さん、たいへんだったねぇ」というねぎらいや励ましの言葉をかけてくれる同僚のみなさんたちの隙間から、デスクが垣間見えました。デスクには、「特発性血小板減少性紫斑症（ITP）」の症状についてインターネットに載っていたものをプリントアウトしたものや、輸血が必要な場合に備えて、それぞれの血液型を確認するような回覧板がありました。たぶん、ヒデマロさんの同僚の誰かが、インターネットで調べてくれたのだと思います。そうすると、かなり重度の難病で、しかも命にかかわる……とすぐにわかったに違いありません。「同僚である自分たちにできることは何か？」「輸血が必要ならば、みんなで協力しよう。すぐに、みんなの血液型を調べよう」……そういう流れになったと思われました。

サラヨのひとりごと

- 近親の妹にさえ、私たちのこのような人生の大きな危機がなければ、ヒデマロさんの特性が伝わらなかったように思う。そう思えば、人生や家庭の困難・問題・危機は、ヒデマロさんの特性があらためて表面化する絶好の（?）機会だったともいえる。
- 発達に課題がある人の職場の同僚・上司の支えはすごく大きいものだと思う。
- 結局、この出来事でも、周囲の人が動いてくれたおかげで、ぴーなも助かり、ヒデマロさん自身の「困り感」はなかったことになる。

1.「アスペルガー症候群」の男性の育児

ある文献によると「アスペルガー症候群」の男性と結婚して子どもが生まれたときには、育児に関してのコツというものがあるそうです。少し言葉をやさしくして書いてみます。[1,2,6,7]

①言葉通りにしか受け取れないことがあるので、そういうときには具体的に言って「父親」として行動してもらう。

②自分のことに夢中になって、子どもの事故などの危険性に気がつかない場合があるので注意する。

③表情や行動から、子どもの発達レベルを把握できないことが多い。

母親になればほとんどの女性がそうなると思いますが、「子どもや赤ちゃんを守らなければならない」という母性本能が生まれます。ですから、父親であっても「自分の子どもや赤ちゃんを危険にさらさない」ように見守り、行動してほしいと願います。しかし、なかなかそう、うまくはいきません。もちろん、男性自身に悪意は全くありません。

例えば、ヒデマロさんにも、あきらかによろよろしながら自転車に乗っていた幼稚園児のとーまを連れて、柵のない池の周りの散歩に連れていったとか、離乳食も食べられるようになったぴーなにミルクしかあげていなかったなどがありました。このように、「何もなかったからよかったものの……」というヒデマロさんの育児を、私は何度も経験しました。

出血大サービス

とーまは自分の部屋で何かしていて、私は夕食の準備に手が離せなくて、忙しくしていました。そのうちに、玄関のチャイムが鳴って、ヒデマロさんが仕事から帰ってきました。私は、すぐにキッチンから出て、とーまとぴーなを連れて玄関に行き、みんなでヒデマロさんに「おかえりなさい」を言ったあと、「ぴーなを、ぎゅうってしてあげてね」とヒデマロさんに言いました。抱きしめてあげてほしいってことを言ったのですが、ヒデマロさんは、とーまを持ち上げて回転しました。「高い高い」のぐるぐる版のような、回転飛行機みたいな感じでした。

でも、二回転くらいしたら、ぽとっと床に降ろしたので、「もう一回、して〜！」と、とーまがねだりました。そうしたら、また二回転の「高い高い」のぐるぐる版をしてくれました。でも、二回転したらすぐに降ろすので、何度も、「もう一回、して〜！」と、とーまはねだっていました。それを毎日のように繰り返していたような気がします。

常々私は、親子のスキンシップをヒデマロさんにもしてもらいたいと思っていました。その当時の私は、まだヒデマロさんにとっての「援助者」だったのだと思います。「私と同じように、ヒデマロさんにも家族がいる喜びを感じてもらいたい」「親としての責任を分かち合い、育てる苦労や思い出を糧《かて》にしていきたい」と、いろいろな声かけをしていました。そのため、とーまが小さい頃にも、「ぎゅうってしてあげてね」と、ヒデマロさんにお願いしていました。ヒデマロさんのなかでは、「ぎゅう」という表現にピンとこず、「ぐるぐる（する）」→「子どもが喜ぶ」＝「ぎゅう」と思い込んでいたのかもしれません。でも、頼まれると子どもと遊んでくれていたので、私は安心していました。けれど、とーまのときには「失敗だったな……」という経験もありました。

とーまのときには、「高い高い」のぐるぐる版ではなく、いわゆるジャイアントスウィングのようなぐるぐるをしてくれていました。しかし、ヒデマロさんはそのぐるぐるの加減がわからず、回しているうちに、とーまは足をタンスの角かどこかにぶつけたようでした。出血していたのですが、とーま自身はぐるぐるが楽しくてゲラゲラ笑いながら、そのまま回され続けていました。ヒデマロさんも、夢中でぐるぐる回しています。ふと、遊んでいる様子を覗《のぞ》いた私は、とーまの足から血が出ていることに気づいて驚き、「何やってんの！　とーまがケガしてるよ！」と叫びました。すると、ヒデマロさんは、「いやー、はぁ、べつに……、とーまが楽しそうだったから……」と、もごもごと言いました。私は慌ててとーまの足の応急手当をしました。

その事件後、ヒデマロさんの「ぎゅう」は「高い高い」のぐるぐる版になったのでした。

サラヨのひとりごと

・「ぎゅうしてあげて」という表現は曖昧《あいまい》すぎたと思う。「抱っこしてゆっくり持ち上げること」……など、具体的に言葉や体で表現したり、お手本を見せて、根気よく教え続けたらよかったのかもしれない。

・ヒデマロさんは、体を使う運動・スポーツ全般が苦手だった。動きがぎこちなかったのは、発達の課題を生まれつき持っている人だったからかもしれない。自分の体のイメージや感覚に特性のある人だったからかもしれない。そのように私が「彼の生まれつきの特性かもしれない」と思うだけでも私はイライラしなくて済んだのかもしれない。また、子どもの相手を頼むとき、子どもの好きなパズルや、対戦ゲーム、積み木、ままごとを中心に頼んだら事故もなくうまくいったのかもしれない。

出血大サービス

おかーさーん見てー
おかーさーん
夕食の準備で忙しい←
バタバタ
バタ
バタ
ただいま
ガチャ
おかえりなさーい
ほら　とーまもぴーなも「おかえりなさい」って言って
おかえりなさ――い

ヒデマロさん……
着替えが終わったら
とーまを
「ぎゅう」して
あげてね
「ぎゅう」？
着替え終了→
ぎゅう
とは
？？
ぎゅうしてーっ
とりあえず
とーまを持ち上げてみる
わーい

これが「ぎゅう」……?
キャッ
キャッ
もっと
もっとー
もっと!?
じゃあもっと!
ブーーンッ
わーっ

ブーーン
キャッ
キャッ
ブーン
ガンッ
キャッ
キャッ
?!
……
……
えっ……
とーまの足から血!!
わー
キャーッ

ちょっとお！
とーまの足から血が出てるよ やめてーっ
え？
血が出てるよ 手当てしなくちゃ……
あっ、ゴメンゴメン
痛いけど遊んでほしい複雑な泣き
わーーん

2．好きなこと（人）には協力的

「アスペルガー症候群」の男性のすべてが、育児が苦手というわけではないと私は思っています。確かに、ヒデマロさんは、結婚しても、子どもができても、好きなことには没頭するタイプでした。とーまの記憶通り、マンガ雑誌の『ジャンプ』をじっくり読んでいたり、懸賞に応募するためにバーコードを切っていたりしました。どうやら子どもの頃から『ジャンプ』を読むのは習慣になっていたようなので、「ギャンブルをする男性などにくらべれば、まだかわいらしい趣味」と思い、ヒデマロさんを喜ばせようと、私はいつも買っておいてあげたりしていました。もちろん、買っていなくても、怒ってキレたり愚痴をこぼしたりすることはないのですが、不満そうな顔はするので、夫婦で喧嘩をするのは嫌だと思って、買ってあげていた時期もあります。

また、私がヒデマロさんにとって「援助者でありたい」「共感したい」と奮闘していたときには、いつもは読むことのない『ジャンプ』を私も読んで、「実は私も読んでみたの。今回の○○、ドキドキしたね。私も続きが気になるよ」と、声をかけたり感想を言ったりしてみました。

「そうだね」

「……」

興味のあることには雄弁になるかと思い、話題作りをしてみようと試みたのですが、のれんに腕押し、糠《ぬか》に釘《くぎ》状態の反応でした。「今後、とーまが小学生になれば一緒に『ジャンプ』の話題で盛り上がることがあるかもしれない」「懸賞品が当たれば、家族のため（家計の一助？）になるとヒデマロさんなりに努力しているのかもしれない」、私は、そう思うようにしていました。そういったことに苛立《いらだ》ちや苦労を感じないのであれば、きっと家庭生活も、平和な時間を過ごせるのだと思います。

また、ヒデマロさんは、「山菜採り」や「園芸」が好きだったので、山の中ではぐれるとか、ハサミなどの器具の扱いといった危険に私が傍《かたわ》らで留意していれば、子どもらと一緒に共同作業をすることができたのかもしれません。もしも子どもたち二人が大人になってそういう事柄に興味をもてば、話も広がるかもしれませんし、大切な思い出として心を豊かにする一つになるかもしれません。

さらに付け加えるならば、ヒデマロさんにとっての家族は、ニャンキー（私）がナンバーワンの存在のように見えました。ですから、ヒデマロさんにとっては、スケジュールを乱される面倒なお出かけも、「自分が大好きな人（ニャンキー）が誘ってくれているのだから、言う通りにしよう」と思えたからこそ、行動に移せたのかもしれません。

声をかける人や、声のかけ方、パートナーの特性を知り、パートナーが興味をもつ内容のパターンに気づくことができれば、女性の負担も少しは減り、子どもたちとの共通の思い出も作れるのかもしれないとも思っています。

サラヨのひとりごと

- ヒデマロさんにとって『ジャンプ』を読むことは、彼の中で優先順位が高かった。それを中断して他のことを頼むことがなかなか難しかったように思う。そんなとき、私は、もっと根気づよく、「今は、『ジャンプ』を読むことよりも、子どもの話をすることを優先してほしい。『ジャンプ』は、後で、ためてまとめて読んでほしい」など、具体的に要望や気持ちを細かく伝えていけばよかったのかもしれない。また、彼が帰宅してすぐ目につくところに『ジャンプ』を置いておかないで、見えないところにしまっておけばよかったのかもしれない。
- 私が先回りして『ジャンプ』を買っておいてあげる、という行動は結果的にヒデマロさんの「困り感」をなくし、「『ジャンプ』を自分で買わなくちゃいけない」という行動に

つながらない。ヒデマロさんに「困り感」を感じてもらい、私も楽になる方法があった
のではないか。

のれんに腕押し

糠《ぬか》に釘《くぎ》

Ⅲ カサンドラ症候群の実状

1 「援助者」から「迫害者」へ

とーまは幼稚園生活を楽しむようになり、ぴーなは一歳になっていました。その時、ある事件が起こりました。ヒデマロさんの弟が闇金業者の事件に巻き込まれてしまいました。義父母も巻き込まれ、いわれのない数百万円を払ってしまいました。私はそれを後から聞き、「警察に相談するなり、消費者金融相談機関に相談するなりしないと大変なことになる」と、義父母を助けてあげるようにヒデマロさんに言いました。そうしたら、ヒデマロさんの返答は、「なんで、オレが？　関係ないでしょ。オレたちに迷惑かかってないし」でした。しかもヒデマロさんは、義弟（ヒデマロさんの弟）から「名前を書いて、はんこを押して。貸してもらうだけで何も迷惑かけないから。それで、助かるんだ」と言われ、捺印して、署名もしてしまっていたという恐ろしい出来事も発覚しました。闇金業者の事件に巻き込まれていったのです。このことも、私が質問するまでヒデマロさんは言わなかったのですが、これもヒデマロさんにとっては、「聞かれていないので言わなかった」だけのことであって、嘘はついていないわけです。さらに、ヒデマロさんからしてみれば、自分の弟の文言通りに「何も起きない」はずだし、ニャンキー（私）にも質問に対しては正確に伝えることができた。それなのに、ニャンキーがなんだか激怒している。大混乱だったかもしれません。
私の家にも嫌がらせの無言電話がかかってくるようになりました。幼稚園の子どものことも心配になりました。私は、乳飲み子を連れて、警察や専門機関に相談し、奔走《ほんそう》し、大変な心労となりました。今までは我慢できたことでも、今度は子どもの危険や事件に関わる大きな出来事なのです。私はこの出来事で爆発しました。私は激怒し、畳《たた》みかけるように話しました。しかし、ヒデマロさんは、私の語気の荒らさや鼻息の荒らさ、つり上がった目から、感情や思っていることを理解できないようでした。ヒデマロさんは、無表情のままフリーズしており、軽いパニック状態になっていたのではないかと思います。

とにかく、この激怒している段階の私は、分析すると、ある意味立場が一段階変わった瞬間でした。どう変わったのかというと、今まではヒデマロさんに対して、私は母性にあふれ、諭《さと》したり教えたりする「援助者」だったのですが、このときから私は、ヒデマロさんにとっては「迫害者」[1,2,7]になってしまったのかもしれません。これも、私が参考にした書籍[1,2]によれば、二つの理由

があると書かれています。
①妻は、迫害という形であれ、夫に感情があることを確かめたい
②妻は、夫に（妻への）注意・関心をもってほしい
という気持ちから迫害するという行動につながることがあるそうです。私は、このとき、結婚生活で初めて怒鳴り、「しっかりしてよ！」という状態になったのです。

この事件をきっかけに、私は無責任・無関心に見えるヒデマロさんに怒り口調で接したり、「父親としての自覚」をもってもらいたくて育児への関わりを積極的に求めたりするようになっていきました。しかし、そのたびに、ヒデマロさんは「べつに……」「どうすればいいんだい（わからないよ）……」という感じで無言になったり、動かずフリーズしたりしていました。そんなヒデマロさんの言動に不安を覚えた私は、離婚も考えました。けれど現実問題として、幼い子どもたちを育てていくには教育費も生活費もかかります。とても母子家庭でやっていく自信はありませんでした。加えて、母子家庭という世間体や、子どもたちが将来的に「離婚」のことをどう思うかという心配もありました。

そうなると、もし結婚生活を続けていくのなら、私の生き残る方法は「ヒデマロさんに父親の役割を求めること」など、「何かを諦める」しかないようにも思えました。

しかし、その思いの一方で、とーまやぴーなのためを思うと、まだ「私がヒデマロさんに働

きかけ続ければ、ヒデマロさんは変わってくれるかもしれない」「私が頑張れば『家族』は守れる」という思いは捨て切れませんでした。

サラヨのひとりごと

・このような家族の大きなトラブルは、私が豹変《ひょうへん》するきっかけになってしまった。ヒデマロさんにとっては、急に激怒するようになった私の感情の変化、過程が理解できなかったのかもしれない。順を追って、私は自分の感情の変化や激怒している理由を具体的に説明していけばよかったのかもしれない。
例えば「私は怒っている」「理由は、あなたが払わなくてもいいお金を勝手に払ってしまったから」「そのお金を払ってしまったら、私や子どもたちが生活していけなくなる」だから、「多額のお金に関することは私や他の人に話すこと」「私は怒っている。なぜかというと、あなたがお金を払った相手は、子どもの命を脅かす相手かもしれないから」……など、言いたいことが色々あっても、一度に一つのことに絞って話したらよかったのかもしれない。

- 「しっかりしてよ!」という言葉は、曖昧《あいまい》すぎてヒデマロさんにとっては何をどのようにすればよいのか理解できなかったかもしれない。
- 発達に課題がある人は金銭に関してのトラブルに巻き込まれやすいと感じる。対策としては、管理は別の人がやるということも大切なのかもしれない。
- 逆に、経営やお金の管理に細かい人もいる。そういうタイプの人は、経営や金銭管理の才能を活かせる職業についたらいいと思う。

2 三度目の引っ越し

私は、闇金融の業者との一件ののち、ヒデマロさんの金銭感覚や教育費などの先行きの不安もあり、医療職などの仕事を少しずつ再開するようになりました。もちろん、再開当初は家事や育児と仕事の両立に苦労しました。けれど、その苦労以上に、久しぶりに自分が認められることや誰かの役に立つことへの喜びを感じて、心が明るくなっていきました。そのおかげで、私は不安定ながらも心のバランスを保つことができていたのかもしれません。

しかし、とーまが幼稚園の年長さんになる予定の頃でした。ぴーなはまだ二歳で、また、転勤が決まりました。とーまはやんちゃ真っ盛りで、ぴーなはまだ目が離せない状態でした。ですから、引っ越しの荷造りの時間は、ぴーなに注意を払いながらもとーまが幼稚園に行っている日中か、とーまとぴーなが寝ついた後の夜中しかありませんでした。そうはいっても、日中の作業は通常の生活に欠かせない掃除や洗濯と同時進行でしたし、夜中の作業はとーまの幼稚園のお弁当作りや朝食を考えるとそれほど時間はありませんでした。私の睡眠時間は、引っ越し日が近づくにつれてみるみるうちに短縮されていきました。三、四時間眠れたらよいほうだったと思います。けれど、そんな状態の私を目の前にしながらも、仕事から帰ってきたヒデマロさんは、いつものように言うのです。「ニャンキー、お腹空いたなぁ～、ご飯まだ？」

荷造りや掃除が進まないことへの焦りや、睡眠不足による心身の疲労もあって、引っ越し準備を一切手伝わないヒデマロさんに、私は憤慨《ふんがい》しました。これまでの経験から、劇的な展開はなかば諦めていましたが、自分の窮状《きゅうじょう》を訴えました。

ヒデマロ「どうすればいいんだい？」

サラヨ「教えられないとできないの？」
ヒデマロ「……できるよ」
サラヨ「じゃあ、お願い」
そして、ヒデマロさんは、食器をダンボール箱に詰め始めました。
サラヨ「食器ってさー、まだ使うよね」
ヒデマロ「そっか……」
次に、ヒデマロさんは、自分の服をダンボール箱に詰め始めました。
サラヨ「その服、引っ越して荷ほどきするまで、もう着ないの？」
ヒデマロ「あ、着るなぁ……ニャンキー、詰められるものなんてないじゃないか！」
サラヨ「本とかCDとかDVDとか、今は使わなくても済む物ってあるよね？　棚にしまわれっぱなしの貰《もら》い物とか、当分眺めなくてもいい小物とか、そういう物から詰めていけばいいんだよ……」
ヒデマロ「わかったよ、ニャンキー！」
数十分後、私がダンボール箱を七、八個閉じた頃、ヒデマロさんが報告に来ました。
ヒデマロ「(手で大きさを示しながら) あとこれくらいの小物があればぴったり収まるんだけど、ちょうどいいものないかな～、ニャンキー？」

サラヨ「タオルとかさ……。いや、いいよ。疲れたでしょう？　ヒデマロさん、あとは私がやるから、寝ていいよ……」

ヒデマロ「そうかい？　わかった、ニャンキー。寝るね」

いよいよ引っ越し当日が迫ってくると、妹が週末に来て荷造りを手伝ってくれました。

しかし、なんとか荷積みを終えて、新しい土地へと引っ越しはできましたが、荷ほどきをしなくてはなりません。二、三日の間、荷ほどきを手伝ってくれた妹が帰ってしまったとき、私は大きな疲労と不安、そして孤独を感じ始めました。

サラヨのひとりごと

- ヒデマロさんは、箱に物をうまいように詰めることが苦手だった。隙間をみて、次に入れたらよい大きさのものを想像して詰めるのが極端に苦手という特性を持っていたのかもしれない。もっと、他に得意なこと（風呂のカビ掃除、トイレの掃除など）を中心にお願いしていけばよかったのかもしれない。

・私はついつい「できないの？」というような否定的な言葉でイライラをぶつけてしまっていた。できる作業についてもっと注目をして感謝の言葉がけをしていけばよかったのかもしれない。
・私自身も、疲労を感じたときに、育児サポートなどの社会資源も活用して、積極的に休養や睡眠をとるようにしたらよかったのかもしれない。
・私は、他者の誰かに（本当は夫であるヒデマロさんに）頑張りや苦労を誉めてほしかったのだと思う。自分を認めてくれる場がなかったことも心身の疲労につながっていったのだと思う。

3 環境の変化

慣れない土地での引っ越し手続きや、新しい近所付き合いなど、私の役割は増していく一方でした。私は、まだ完全には終わっていない引っ越しの後片づけ、家事、育児、近所付き合いに追われていました。

その地方都市の公営住宅の住人は、ほとんどがヒデマロさんの知り合いでした。そのため、人付き合いが苦手なヒデマロさんに代わって、プライベートでも私が立ち回らなくてはならないケースも多く、ストレスとなっていきました。さらに、その公営住宅の伝統なのか、「奥様会」というものもありました。ヒデマロさんの上司や職場関係の人の奥様たちの集会です。お菓子を持ち寄っておしゃべりしたり、手芸を見せ合ったりするというものでした。私は回を重ねるごとに、「奥様会」が近づくと、持っていくお菓子に悩んだり（ほとんどの奥様が手作りだったのです）、ただしゃべっているだけという時間が憂鬱《ゆううつ》になっていきました。

そのうえ、新しくとーまとぴーなを通じて、いわゆる「ママ友」付き合いも加わりました。そのときの唯一のストレス解消が、幾ばくかの在宅の仕事だったのですが、その地方都市（公営住宅）で共働きをしている家庭はほとんどありませんでした。以前住んでいた中都市では共働きの家庭も多かったのですが、その地方都市では専業主婦が暗黙のルールのようでした。「奥様会」や「ママ友」どうしの愚痴のこぼし合いにも付き合わなければならず、限られた時間のなかで仕事という逃げ場も塞がれていきました。それをヒデマロさんに相談しても、「ふーん……」の一言で片づけられてしまうことが多かったです。ヒデマロさんの同僚（上司）の奥様たちなのだから無下《むげ》にはできません。ママ友付き合いは、とーまやぴーなの友人関係にも影響を与えるので、思い切って断ち切る勇気もありませんでした。それでも、ようやく時間をひねり出して気力を振り絞って仕事を始めようとすると、相談には乗ってくれないヒデマロさんのニャンキー攻撃が始まります。「ご飯、まだ？」「『ジャンプ』、買っておいてくれた？」「○○の懸賞はがき、持ってきてくれた？」

　このすれ違いというか虚無感は、誰に言っても理解してもらえませんでした。

　このような夫の状態は、親戚や近しい妹にさえも、本当に十年近く経ってもよくわかってもらえなかったのです。「おとなしくてシャイなだけでしょう」「大きなギャンブルもやらないしアル中でもない平和なだんなさんじゃないか」「オレも昔は家内に任せっきりだったからなあ」といった答えしか返ってきませんでした。そう言われたらそうかもしれませんし、私は深い孤独と疲労と虚無感に襲われていきました。

サラヨのひとりごと

・ヒデマロさんのニャンキー攻撃に対して、「私は懸賞のはがきを持ってきたり、バーコードを切り取ることはできない」「なぜなら、子どもたちの相手で忙しいから」「だから、懸賞のはがき集めは自分でやってほしい」と、端的な言葉で、根気強く伝えていけばよかったのかもしれない。

• 毎週火曜の『ジャンプ』発売日（月曜に店頭に並ぶ）に関しては、ヒデマロさん自身が買うこと、と取り決めをしておけばよかったのかもしれない。先回りして用意しておくことはヒデマロさんの「困り感」をなくしてしまっていた。

• 自分が、「すれ違っている」と感じたとき、その自分の感情を、相手に具体的に伝えればよかったのかもしれない。ヒデマロさんは、私の感情の変化を読みとることがすごく苦手だった。

例えば、「私は悲しい。理由は、あなたは私を見ないで『ジャンプ』を読んでいるが、私はとーまの幼稚園のことを話しているので読むのをやめてこちらを見てほしい」と伝えてみればよかったのかもしれない。

4 とーまとの対決

幼稚園の年長さんになったとーまのやんちゃぶりは、日に日に増していきました。さらに、とーまは、今まで向けられていたお父さんやお母さんからの関心が、すべてぴーなに向けられたように感じて、苛立《いらだ》ち始めました。その頃のとーまには、お兄ちゃんやお姉ちゃん経験がある人の誰もがもつ「弟妹への嫉妬」が出たのだと思っています。

仁義なき反抗（とーまの記憶）

理由は覚えていないけれど、小さい頃、ぴーなにすごくムカついた。ぴーなはダイニングテーブルのイスに座っていたので、ぼくはぴーなの背中を蹴った。でも、ちゃんと子ども心に手加減した思い出がある。お父さんもお母さんもそれを見ていた。お父さんが、「蹴ったらダメだろ」と怒った。そのあと、お父さんが「何やってんだ」とかいろいろと言っていた気がおぼろげにしたけれど、その隙に自分の部屋に逃げ込んだ。そうしたら、あとからお母さんが部屋に入ってきて、ぼくはがっつり怒られた。でも、ぼくはなんだか引き下がれなくて、お母さんとぼくとのにらみ合いが続いた。ぼくは思わず、「お母さんなんか、交通事故で死んじゃえ！」みたいな暴言を吐いた。そうしたら、お母さんは急に悲しそうな顔をして、「お母さんのお母さんは、交通事故で死んじゃったんだよ……」と言った。ぼくはショックで何も言えなくなって、そのまま立ちすくんでいたと思う。

ヒデマロさんは、ぴーなを蹴ったとーまを見ていました。けれど、何も言わなかったので、私はヒデマロさんに、「（父親として）とーまを叱ってやって」と話したら、ヒデマロさんは、「なんて言えばいいんだい、ニャンキー」と言うので、私は「蹴ったらダメだよ、とかさ……」と言いました。すると、ヒデマロさんは、「蹴ったらダメだろ」とだけ、とーまに言ってくれました。けれど、その後の言葉が思いつかなかったのか、「あと、何を言えばいいんだい？」と聞かれたので、セリフを示唆したら、そのまま叱ってくれようとはしました。そのような私とヒデマロさんとのやりとりの間に、とーまは自分の部屋に戻ってしまったようでした。結局、ヒデマロさんに全部示唆するのが面倒になったので、私がとーまと話をすることになってしまいました。

サラヨのひとりごと

・とーまを叱ってくれたヒデマロさんに対して、私は、「父親として叱り、とーまに常識を教えてくれてありがとう」と、もっと褒《ほ》めてあげればよかったのかもしれない。父親として、こうするのが当たり前、と思う自分も、よくなかったと思う。

・私にとっての「常識」や「社会のルール」と、ヒデマロさんにとっての「常識」や「社会のルール」が違いすぎて、お互いに理解できなかったのかもしれない。

・私は「父親の役割」まで一人で背負い込みすぎていったのかもしれない。

5 とーまの入学とぴーなの入園

「奥様会」と「ママ友付き合い」のストレスや没頭できないままの仕事、そして、いつまで言い続ければ父親の役割に気づくのかわからないヒデマロさんへの虚無感の中で、私は三十歳半ばになりました。その年の四月、とーまは小学校に入学し、ぴーなは幼稚園に入園していました。とーまの反抗は収まっていましたが、小学校への入学準備に始まり、入学式、そして毎日の学校生活のフォローに私は追われました。そのうえ、ぴーなの幼稚園への入園も重なって、お弁当作りや身支度に幼稚園のバス停への迎えも加わりました。とーまの入園時とは違って、母親と離れたがらないぴーなへの接し方にも悩みました。ヒデマロさんの作業として「ぴーなを幼稚園に送る」仕事が付け加えられました。ヒデマロさんの出勤時間がぴーなの登園時間と重なっていたので、私が少しでもコミュニケーションを取ってもらいたくて頼んだからです。ヒデマロさんは、出勤時間が近づいてもぴーなの準備ができていないといつもイライラするようでした。

ヒデマロ「ニャンキー、このままだと（ぼくが）遅刻しちゃうよ」

サ　ラ　ヨ「じゃあ、ぴーなの身支度を手伝ってあげたら、どう？」

ヒデマロ「どうすればいいんだい？」

サ　ラ　ヨ「靴下をはかせてあげるとか、服のボタンを留めるのを手伝ってあげるとかするといいよ」

ヒデマロ「わかった。ほら、ぴーな、靴下をはかせてあげるから急ごう」

このような会話が毎朝のように繰り返されました。ヒデマロさんは言われたことをすぐに忘れてしまうこともありました。前日にできたことでも翌朝には忘れてしまっており、同じ会話のやりとりが始まる、といった具合でした。私は、夫婦のコミュニケーションのすれ違い（そもそも話し合いが成り立たなかったことも多いのですが）や、家事や育児（とくにヒデマロさんに育児を任せる不安）に関わる悩みをいろいろな人に相談しました。しかし、誰に打ち明けても、「夫婦ならば誰もが通る道だから」「男はみんなそんなもんだよ」と一蹴されるだけで信じてもらえませんでした。理解してもらえないことが続くうちに「私が悪いのかな……」と、私は自分を責めるようになっていったのです。

公営住宅に住んでいたということもあり、私は上下の階の住人の騒音にならないようにやはり気を遣っていました。そして、こういった他者への配慮や社会のルールを、ヒデマロさんが父親としてしつけてくれることを期待していました。子どもたちに「父親としての威厳」を感じてほしかったのかもしれません。しかし、ヒデマロさんの行動に変化はありませんでした。

結局、母親の私が叱ることになり、気がつくと「育児」「社会のルールを教える役割」「ほめる役割」……すべての役割を私は担っていました。そのことに愕然《がくぜん》とした私は、ヒデマロさんに、「父親の役割」を丁寧に教えました。周囲の人にも、このもどかしさを話したことがあるのですが、やはり「うるさく言わない、よいお父さんでしょ」と井戸端会議で終わっただけで、ご近所さんにもママ友にも伝わりませんでした。

こういうことがくり返されていきましたが、まだ「家族」としての希望を失っていなかった私は、一生懸命自分を抑えながら、その後は具体的な説明と身振り手振りで「こうやってとーまやぴーなの相手をしてやっていてほしい。その間に夕飯を作るから」というように、ヒデマロさんに毎日のように具体的に指示をしていました。

しかし、たとえ些細《ささい》なことでも、育児をしてもらっている間に何か起こったら、「自分の言い方が悪かったんだ……」「自分がしていればよかったのかもしれない……」と、妻は自分を責めるというのが「カサンドラ症候群」になりやすい女性の特徴でもあるという説[1,2,7]もあります。私はわかりやすくこの流れに乗ってしまい、家事も育児もすべてを抱え込むようになっていきました。また、この「すべてを抱え込む」ことも、「アスペルガー症候群」の男性をパートナーにもつ女性に多く見られる特徴なのだと書かれている本もあります[1,2,7]。

サラヨのひとりごと

・私が思う「父親の役割」「父親像」も勝手なものだったのかもしれない。ヒデマロさんの中にある社会のルールそのものや価値観が、私と違うだけであったのかもしれない。

・すべてを抱え込んでしまった自分がいたので、はけ口をもっと探せばよかったのかもしれない。近所のママ友にはわからないこの気持ちをどうすればよかったのだろうか。当時はなかったけれど、今の時代で言えば、やはり、カサンドラの自助グループに参加して、気持ちを共有したり、掲示板、ブログなどで、仲間（同志？）を見つけることが、本当に重要だと思う。

6 ミラクル？　こだわり？

小学一年生になったとーまは、下校途中の道草や、帰宅してからの公園での自然探索が大好きな子どもでした。いろいろな草や虫、小動物に興味をもちました。けれど、まだ分別がつかない歳だったので、こんな出来事があったそうです。

興味があったからだけど……（とーまの記憶）

遊んでいるときに、地面に鳥の巣があるのを発見した。普通なら木の上にあるのに、不思議だと思った。よく見てみると、木の上にある巣と同じように、少し掘られた地面に小枝を折り重ねて作られている。巣の中を覗《のぞ》いてみると、うずらくらいの卵がいくつかあった。ぼくはそれまで、ご飯のときの白い卵しか見たことがなかった。ご飯のときの卵はどろどろしていることも、固まっていることもある。

自然の中にフツーにある卵の中身が、本当にあの白い卵と同じなのかどうしても知りたくなって、思わず一つ割ってみてしまった。そうしたら、本当に黄色い液体が出てきて、ぼくはびっくりした。

その話を家に帰ってからお父さんにした。そうしたらお父さんは、こう言って怒った。

「大事な命なんだから、これからはそんなことをしてはいけない！」

その話を聞いたときには、私がヒデマロさんに根気強く「父親の役割」について話し、実際にどのように叱ったり、見守ったりするのか教えてきたことが活かされたと感じ、とても嬉しくなりました。少しずつ「諦め」や「虚無感」を感じ始めていた私には、希望を感じられる稀有《けう》な出来事だったのです。

前章でも触れたように、「アスペルガー症候群」の男性だからといって、育児に全く関わりがもてないということはないと、私は感じています。しかし、その人それぞれの生育歴や考え方（こだわりや趣味も含めて）、すべてを理解したうえで、パートナーの子どもへの接し方を、妻が時間的・精神的にゆとりをもって見られるということが大事なのだと思います。そして、今から振り返ると、夫の不可解な行動が、「ひょっとしたらアスペルガーの特性からきていたのかもしれない」と当時気づいていれば、「私が悪いわけでも彼が悪いわけでもないんだ!!」と、自分の心の中にストン！　納得!?　という思いが生まれ、気が楽になり、自分も夫も許せる私になれたのかもしれません。ヒデマロさんに対する対応も変わっていたと思います。「アスペルガー症候群」の男性でも育児を担い、「父親としての役割」を果たせる方法はあるのではないかと今となっては思うのです。

サラヨのひとりごと

• 普通の父親として、子どもに対する当たり前の言葉がけや関わりだったとしても、発達に課題のある人にとっては「当たり前のこと」ではないことが多い。そして、パートナーが育った養育環境もすごく影響する。私自身も自分の中で「当たり前」と思っていることがそうでないこともあったと思う。子どもが混乱しないようにしていかなくちゃいけない。どうすればよいだろう。お父さんはこういうふうに行動したり、言っている。お母さんはこう思う。とーまはどう思う？　と、子どもの考えを聞ける自分になりたいな。

• 父親らしい態度をとってくれたとき、もっと私は「嬉しい気持ち」を言葉や態度で大げさにでもよいから相手に表現すればよかったのかもしれない。

7 救いを求めてみた

家事・育児・ご近所やママ友との付き合いのすべてを抱え込み、そして変わることのないヒデマロさんに、私は心身ともに追いつめられていきました。物理的な時間も奪われて、そのうちに食欲がなくなってきました。とーまやぴーな、そしてヒデマロさんにご飯を作って食べさせながら、私は調理と並行してぴーなのお弁当の準備や後片づけ、ときには洗濯も同時におこなっていました。キッチンカウンター越しに子どもたちの小学校や幼稚園生活の話も聞いていました。そうすると、私がご飯を食べようとする頃には、ちょうどそれぞれのご飯が終わるので、私はその片づけをしなければなりません。そんななかでも、ヒデマロさんは私だけが食事をしていないことにはいっこうに気づきませんでした。当たり前ですが、そのような生活が続けば、私は少しずつ痩せていきます。体重が減り始めた当時は、ダイエットに成功したような一瞬の高揚感はありました。しかし、急激に痩せ始めると、一気に体力も衰えて、体を動かすこと自体が辛《つら》くなっていきました。

そのため、それまでは私が抱え込んでいた育児を、少しずつヒデマロさんにもお願いするようになっていました。

「と一ま（ぴ一な）に〇〇してあげてね」

「うん、わかった」

私とヒデマロさんの結婚生活は、すでに十年になるところでした。これまでの生活の中で、紆余曲折《うよきよくせつ》はありましたが何度も何度も同じことを言い、育児についても子どもの様子の見方や接し方を教えてきたと感じていました。ですから、もうそろそろ、ヒデマロさんがと一まやぴ一なに合わせて接することができるようになっているのではないかという思いもあったのです。

私がうつ状態になり始めていた時期のころでした。私は、ヒデマロさんやと一まの髪を切ってあげたり、夜の寝かしつけのときにぴ一なに絵本を読み聞かせてあげたりするのは、かなりの体力を要するようになっていました。

ヒデマロさんは、理容室に行くのを嫌いました。また、耳掃除を自分でできませんでした。耳かきをどこまで入れたらよいのかわからないとのことでした。ですから、耳掃除もしてあげていましたし、ヒデマロさんの髪は洗面台の辺りで私が切ってあげていました。その流れもあって、と一まの髪の毛もいつもは私が切っていたのですが、疲れ始めていた私はそれをヒデマロさんに頼みました。同じように、絵本の読み聞かせも、ときどきヒデマロさんに「読んであげて」と頼んでいました。

私にとっての「読んであげて」は「ぴーなを意識して読んであげて、寝かしつけてあげて」という意味でもあったのですが、ヒデマロさんにとっての「読んであげて」は、言葉通り、「絵本を読めばよい」ということになります。一見すると、子どもに絵本を読んであげているヒデマロさんは、よいお父さんです。しかし、「子どもを意識して読む」「子どもをあやす」「寝かしつける」という意図は伝わっていないので、どうしてもぴーなの存在を無視して「とにかく読むだけ」になってしまいます。ぴーなの反応が読み取れないようで、棒読みになるのも、どんどんページをめくるだけになるのも、しかたのないことだったのかもしれません。

結局、ヒデマロさんが寝てしまったあと、ぴーなはよく、「お母さん、本、読んでー」と、せがみに来ていました。私はこういった育児の疲労などについて、親戚をはじめ、近所付き合いがあった人やママ友にも何度も相談しました。しかし、たいていは「言うなりになってくれるなんて、あなたは幸せよ」「怒ったり怒鳴ったりしないなんて羨《うらや》ましい」「男といったって、大きな子どももみたいなものよ」など、誰もがヒデマロさんを素直なおとなしい人と言い、真剣には取り合ってくれませんでした。

そういう状態が続くと、私自身も、親戚やママ友たちが言うように「ヒデマロさんはすばらしい人」なのに、その人の不満を言うなんて、やっぱり自分が悪いんじゃないかという自責の念でいっぱいにもなりました。この状態になってもやはり、自分のパートナーが、心の交流が苦手という特性をもった人とは思いもしなかったのです。

サラヨのひとりごと

- 耳掃除を自分でできないのは、ヒデマロさんは、自分の体のイメージを想像できない特性をもつ人だったからかもしれない。今から振り返ると、私も「耳掃除は自分でやってね♡」と、放っておけばよかったと思う。「耳垢《みみあか》が溜《た》まること」なんて、たいしたことではないんだ‼　と、私自身が「ざっくり」「楽に」物事を捉えられるように、考え方を変えていけばよかった。
- 普段の会話でも棒読み口調だったり、人付き合いが苦手なヒデマロさんに、相手を意識した「絵本の読み聞かせ」という作業を頼んだ事自体、ヒデマロさんにとってはハードルが高かったように思う。こうあってほしいという私の勝手な気持ちもあったのかもしれない。

8 「カサンドラ症候群」──うつ状態の確定

この自責の念に駆られるのも「カサンドラ症候群」のプロセスにあると言っている文献もあります(1、2、7)。

私が参考にした書籍(2)によると、「カサンドラ症候群」の症状としては、次のようなものがあるといわれています。

・「低い自尊心」「自己喪失」「混乱や困惑感」「恐怖症─社会恐怖症・広場恐怖症)」「怒り、うつ、不安」「外傷後ストレス反応」「罪悪感」「神経衰弱」
・「疲労」「月経前緊張症」「不眠」「偏頭痛」「免疫力の低下」「体重の減少や増加」

私はまさに、この説明通りに、だんだんと虚無感が募り、罪悪感を抱き、うつ状態に陥っていったのでした。

最初の兆候として、何をするにも意欲がなくなり、億劫《おっくう》の局地になってきました。たとえば、洗濯物を洗濯機に入れられても、干す気力が湧きません。また、買い物に行っても、フロアを往復して、同じ物を買ってしまったり、そもそも何を買ったらよいのかわからなくなってきたりするのです。とーまやぴーなが、それぞれ小学校や幼稚園の生活に慣れてきた夏、私ははっきりと自分の精神状態に危機感を覚え始めました。その夏には、すでに私の体重は新しい都市に引っ越してきてから一〇キロ以上減少しており、家事にも育児にも体力的に支障をきたし始めていました。

私のそのような状態を目《ま》の当たりにして、私の妹は心配と不安に駆られていったようでした。さすがの妹も、ヒデマロさんが発達に課題を抱えている特性の男性《ひと》だとは思いませんし、なかなか表面化しないのでわかりませんが、私がうつ状態に陥ったことには目に見えることなので気づきます。妹は、週末には必ず家にやってきて、私の代わりに買い物に行ってくれたり、家事や育児をしてくれたりして、少しでも私が休む時間を取れるようにしてくれました。

しかし、ヒデマロさんの態度に変化はありませんでした。妹は平日には仕事があるので帰ってしまいます。ですから、私は週末に束《つか》の間《ま》の休息をとることはできても、平日になると相変わらずすべての家事や育児を担わなければなりませんでした。ヒデマロさんは、私の妹が帰ればとーまとぴーながいるにしても私と二人になれるので、平日のほうが安心しているようでした。私は、週末で回復した体力も、平日の五日間で消耗してしまいます。それが続くと、回復が疲労に追いつかない状態になっていきました。平日のヒデマロさんは、私が疲労のあまり家事や育児が思うようにできないことを伝えても、「どうすればいいんだい、ニャンキー」と毎回同じことを聞いてきます。そこで私が毎回同じように「うん……だから、食器を洗ってほしいな」と言うとヒデマロさんは、食器洗浄機に、まるでテトリスのように何十分もかけて食器を並べています。そして、ヒデマロさんが食器並べに夢中になっているときに、時間を持て余したとーまやぴーなの遊び相手を私がすることになります。

食器並べが終わると、いつものように寝転がって『ジャンプ』を読み始めるヒデマロさんに、「ぴーなと一緒にお風呂に入ってきてほしいな」と私がお願いします。すると今は『ジャンプ』に夢中だけど仕方がないという顔をしながらも、「わかった、ニャンキー」と腰を上げてぴーなをお風呂に連れていってくれます。しかし、自分が洗い終わるとすぐに上がってくるので、私がぴーなはどうしたのか尋ねます。するとヒデマロさんは、「まだ風呂場だけど」と告げて、いつものようにビールを飲みながら、ソファーに座ってぼーっとしています。すると、お風呂場からぴーなが私を呼ぶ声が聞こえるので、結局、私が一緒に入って世話をするのです。うつ状態は悪化していきました。

私は、自分には病院の受診が必要だと思いました。そのため、私は「辛《つら》くなってきたから、精神科を受診したいこと」をヒデマロさんに伝えました。けれども、「何で？　ぼくがいるから大丈夫だよ」と、取りあってもらえず、私が精神科へ行く意味をうまく伝えられませんでした。ヒデマロさんにわかってもらうために、私は、具体的に視覚的・数値的に理解してもらおうと思い、精神状態のせいで体重が一〇キロ以上も減ったと伝え、実際に体重計に乗ってみせました。すると、ヒデマロさんは、「ぼくは何キロだろう?」と自分も体重計に乗って、自分が少し太ったことを私に報告しました。その「伝わらないという虚無感」や「伝えることの諦め」、「私の苦しみの訴えへの反応」をいろいろな人に相談しました。しかし、やはり、私が説明したり頼んだりさえすれば文言通りのことをやってくれるヒデマロさんは、普通の人……以上に「理解ある夫」として周囲には扱われました。確かに、このときのヒデマロさんは暴言を吐いたり物を投げつけたりするわけではありません。自分が育った家庭（豹変《ひょうへん》する父）を振り返ると、まだ恵まれているほうなのかもしれないとも思いました。私の母は子どもたちの前で愚痴ったり泣いたりしませんでした。たとえ辛くても、私さえ頑張れば楽しくあたたかい家庭を子どもたちに感じてもらえるかもしれないのです。私は我慢してヒデマロさんとそのままの生活を続けていくことしかできませんでした。

その頃の私は、何をするにも涙が出るような状態になっていました。たとえば、アパートの鍵をかけ忘れたことだけでも落ち込んで泣いたり、川を見れば自分が飛び降りて溺死《できし》することを想像しては泣いたり、挙げ句の果てには、テレビ番組でウミガメの出産を観て泣いたりといった感じです。そのうち、なんと涙を流す感情すらなくなってきました。とにかく「死にたい……」「死にたい……」ばかりが頭の中でくり返されます。ここまできたら、私自身も、「あぁ、うつ病だ。世間には恥ずかしくて言えないし、病院へ行くのも難しい。けれど明らかに希死念慮（死にたいという気持ち）があり、自殺が身に迫っている……」と感じました。

私の妹も私に病院への受診を勧めるようになっていました。週末に来てくれていた妹は、横になって何もできず日に日に痩せていく私を心配し、「世間体とか気にしている場合じゃないでしょう。お姉ちゃんに何かあったら、私も死にたいくらい悲しいよ……。それに、子どもたちはどうなるの！ だから、受診が必要だよ！」と言ってくれました。私の我慢はものすごい速さで心身を蝕《むしば》んでいきました。

私はどうしていいかわからなくなり、偽りの口実を作って大都市に行き、その大都市の精神科に飛び込みました。そして、その病院ではっきりとうつ状態と伝えられ、自宅から通院できる精神科を紹介してもらうことができました。

サラヨのひとりごと

- 私がうつ病になってしまったのは、私の究極のSOSの発信だった。このことがあったからこそ、家庭の中の様々な問題や私の苦しみが、妹や義父母に知れるきっかけとなったのかもしれない。

・この経験があったからこそ、私は、いま、うつ病がどんなに苦しいものなのか、同じ境遇にいる方々と共感しあえると思う。

言葉通り

あっ何だか空気が重くなっちゃったね
……
ゴメン
ゴメン
空気は軽いヨ

どん「うつ」*の辛《つら》さ

涙が出る……
何をするにも
涙が出る……
橋を渡るだけで……
○△□橋
自分が川に
飛び込んで
溺死《できし》して
自殺することを
想像し…
涙

＊どん「うつ」…どん底のうつ状態を私はこう呼んでいます。

アパートの鍵《かぎ》！
かけ忘れた!?
些細《ささい》な失敗でも落ち込み……
ダメな自分に号泣。
ジャバー
果てはテレビ番組でウミガメの出産を見て号泣。
わーーん

やがて……涙を出す感情すら
なくなってきました……

死にたい……
死にたい……
死にたい……
死にたい……
ヒオロオオオォ〜

9 通院

ヒデマロさんには、私がどれくらい悪い状態なのか、私自身がいくら訴えても伝わらないと思っていたので、第三者であるお医者さんから私の病状を話してもらいたいという願いもあり、受診に付き合ってほしいことも伝えました。しかし、ヒデマロさんは、私が勝手に病院を受診したことに憤慨《ふんがい》したうえ、世間体も気にして付き添いを頑なに拒否しました。

私は妹に、通院したくてもヒデマロさんが拒否していることや、「死にたい」という希死念慮が止まらないことを相談しました。妹はすぐに駆けつけてくれました。そして妹は、ヒデマロさんに言いました。「お姉ちゃんがどうなってもいいの？　平日のとーまやぴーなの世話をお義兄《にい》さんはできるの？　そんなんで、お姉ちゃんをどうやって休ませるの？」

「ぼくはニャンキーを大切にしているよ。病院なんて必要ないよ」

妹は、私を通院させなければならないことも、世間体を気にするヒデマロさんのこともわかったようでした。妹は「病院に行く必要はない」と言い張るヒデマロさんに畳《たた》みかけるように言い、非難しました。「お義兄さんは、ニャンキーが大切なんだよね。ニャンキーもヒデマロさんが大切なんだよ。今のお姉ちゃんなら、まだ一人で病院に通えると思う。そして『みんなのために早く治したい』って思ってくれているんだよ。それに、紹介された病院は隣の市にあるし、心の病だってことは、上司や同僚はもちろん、ご近所さんにはわからないよ」

ヒデマロさんは、何も言わず黙りました。

その後の半年間、私は週に一度、自宅がある市ではなく、隣の市にある精神科に通院しました。前に偽りの口実を作ってひそかに受診した精神科で紹介された病院でした。

通院し始めた頃は、抗うつ薬や抗不安薬、睡眠導入剤を処方されました。薬の効果もあったのか、通院前よりは家事や育児をこなせるようになりました。ただし、ヒデマロさんの態度に変化はありませんでした。ですから、いつものように帰ってくると普段着に着替えて、寝転がって『ジャンプ』を読んで言うのです。

ヒデマロ「ニャンキー、お腹空いたなぁ〜、ご飯まだ?」

サラヨ「あのね、ヒデマロさん、今日、通院日だったんだよ」

ヒデマロ「そうだったのかい、ニャンキー」

サラヨ「お医者さんが、『通院しているのに回復に向かわないし、一度ご主人と話したい』って言っているんだけど……」

ヒデマロ「何で? ニャンキーの病気なのに、ぼくが何で話をしなきゃいけないんだい?」

サラヨ「私の病気の回復には、家族の協力が必要なんだって……」

ヒデマロ「協力しているじゃないか。他にぼくは何をすればいいんだい？」
サラヨ「……」
　万事がすべてこの調子なので、週に一度の通院も焼け石に水の状態でした。そのうちに処方される薬の量が増えていきました。私のうつ状態はみるみるうちに悪化していったのです。
　通院している私を慮《おもんぱか》って、週末には引き続き妹が来てくれていました。そして、私の心身の悪化とヒデマロさんの変化のなさに、はっきりと気づきました。ですから、妹は私の体調を気づかい、私が少しでも平日にも休めるように「平日でもヒデマロさんは○○をして△△をして」とうるさく指示をして帰っていきます。妹にしてみれば、「いくら家事が苦手なヒデマロさんでも、今まで十年近く夫婦（そして父親）をやってるんだから、これぐらいできて当たり前」だったのだと思います。けれど、ヒデマロさんにとっては、「どうしてニャンキーがいるのにのんちゃんが来るのだろう？」「のんちゃんがいるから、週末はニャンキーといちゃいちゃできないなぁ」という感じだったのかもしれません。ヒデマロさんにとっては、大好きなニャンキー（私）と一緒にいられないうえに、そのニャンキーが自分よりも妹を頼りにしていることに漠然と不満を覚えたのかもしれません。そのうえ、妹に指示された作業は、ヒデマロさんにとって苦手なことや時間がかかることも含まれています。『ジャンプ』を読む時間もなくなるし、平日にニャンキーがいるのに自分がその指示された作業をする意味がわかりません。ヒデマロさんにとって、不満と混乱が増していった半年間だったと思います。

サラヨのひとりごと

- ヒデマロさんは、自分の不満や混乱を、表現する方法がわからなかったのかもしれない。不満や混乱の表現方法がわからなくて、本人も苦しんでいたのかもしれない。ニャンキーという理解者もいなくなり、本人もとまどっていたのかもしれない。
- ヒデマロさんは、私の妹に指示されたことが終わったら、次に何をしたらよいのかわからず、常に怒られているように感じて、困惑していたのかもしれない。

10 倒れていたか、寝ていたか

ヒデマロさんにとっては、「ニャンキーの体調が悪い」ということを伝えられても、どうしたらニャンキーを助けられるかはわかりません。助ける方法を想像することができないようにもみえました。ですから、結局は平日の家事や育児は私がしていました。そのうちに、やはり具合が悪くなり、私は平日の夕方、自宅の居間で嘔吐《おうと》して倒れました。倒れる直前に、私は遠くで働いていた妹の携帯電話に電話をかけました。「もう私、ダメかもしれない。死んじゃうかも……」「大丈夫なの？　ぴーなは今、どうしているの？」と妹が問いかけたらしいのですが、私は引き笑いをして答えなかったそうです。私はそのまま受話器を置き、居間で嘔吐し、そして体を引きずるようにして寝室へ行きました。その頃、私を心配した妹は、職場のヒデマロさんの携帯電話に電話をかけていました。

妹（のん）「お姉ちゃんから電話がかかってきたんだけど、いつもの状態ではないし、何かあったに違いないから、すぐに様子を見に家に戻って！」

ヒデマロ「今朝はそんな様子はなかったし、ぼくもすぐに家に戻れるかどうかわからないし……。大丈夫じゃないかな？」

妹は、そんなヒデマロさんに激怒して、

妹（のん）「なんかあったらどうするの？　とりあえず心配だから土日はやっぱりそっちに行くから」

ヒデマロ「……わかった、のんちゃん。とりあえず、家に戻ればいいんだね」

妹(のん)「じゃあ、家に着いたら電話して」

ヒデマロさんはすぐに帰宅して、私の様子を見にきてくれました。職場では、「奥さんの様子をすぐに見に行った、ステキなだんなさん」ということになります。ヒデマロさんは私の妹に電話をかけました。

ヒデマロ「あ、のんちゃん？　家に帰ってきたんだけど、ニャンキーは気持ちよさそうにとーまやぴーなと眠っているよ」

ヒデマロさんは、私の妹に様子を見に行ってと言われたから様子を見たわけで、ありのままを見て報告しただけなのです。

妹(のん)「家の中とか、薬を飲んだみたいとか、変わった様子はない？」

ヒデマロ「家の中はいつもと同じだし、ニャンキーはすやすや眠っているから大丈夫だよ」

ヒデマロさんはなんとも思っていないようで、私の嘔吐物にも気がつかなかったようでした。

妹は、私が「眠っている」のではなく「倒れている」のではないかと気にしてくれました。

妹(のん)「じゃあ、お姉ちゃんは疲れているから眠っているのかもしれないね。でも、薬を飲んだりしているかもしれないから、ちゃんとときどき様子を見てね。それに、そんなお姉ちゃんにご飯とか作らせたら疲れは取れないから、コンビニでも出前でもいいから食事はなんとかしてね。とりあえず、心配だから、そっちに行くけどね」

と、一応、事細かく指示したそうです。しかし結局、ヒデマロさんは、ときどき寝室のドアを開けて横になっている私を見るだけで、あとは『ジャンプ』を読んでいたかもしれません。とーまとぴーなに揺り起こされた私は、重い体をひきずりながら居間へ戻りました。

ヒデマロ「ニャンキー、お腹空いた」

サラヨ「今から夕食じゃあ、子どもたちも、もうお腹空いてるみたいだし、遅すぎるから……。いいよ、作るよ……」

ヒデマロ「そうかい？　ニャンキー」

私は自分の嘔吐物を自分で片づけて夕食を作りました。後でそのことを聞いた妹は、激怒しました。そして、私の逼迫《ひっぱく》した状態に気づき、ヒデマロさんに指示し始めました。

妹(のん)「私は平日の昼間にはいられないし、誰かとーまやぴーなの面倒をみてくれる人がいると安心なんだけど、お義兄《にい》さんの両親はどうなの？」

ヒデマロ「……わかった、連絡すればいいんだね」

そして、ヒデマロさんは、私が「うつ病」だとは言わず、「ニャンキー（私）の体調が悪いから何日間か来てくれないか」と連絡をしました。義父母（ヒデマロさんの父母）は事情を知らないまま、とりあえず四日間ほど来てくれることになりました。そんな連絡しかしていないなんて知らなかった私も妹も、少しは休めると思いました。ヒデマロさんにとっては、のんちゃんの言う通りに両親を呼んだだけだったのです。そして、「自分は来てほしくなかったのに両親を呼んだのだから、ニャンキーは平日に休むことができてよくなるはず」なのです。

四日間ほどいてくれた義父母は帰っていきました。その間、私の「死にたい」「死にたい」という思いは収まりませんでした。そして、その直後の通院で、私は主治医に「長期入院が必要だ」と宣告されました。

サラヨ「家族の面倒をみなければならないので、入院はできません」

主治医「まず、きみは、家族のことよりも自分の心身を治さなければいけない段階なのだよ」

サラヨ「でも、私がいないと、とーまやぴーながかわいそうなので、家を離れられません」

主治医「だんなさんがいるんでしょ？　それに、だんなさんの両親も来てくれるんでしょ？」

サラヨ「夫の両親は、ずっといてくれるというわけではなかったみたいです」

主治医「そもそも、どうして、この大事な受診のときに、だんなさんはいないの？」

サラヨ「夫は受診自体に肯定的ではなく、妹が受診を説得してくれたので、私には詳しいことはわかりません……」

私は平日にはとーまやぴーなのために気丈に振る舞っていました。しかし、妹が来てくれる週末には、もうすでに「死にたい、死にたい……」と言いながらぶるぶる震え、ふとんから出られない状態になっていました。

サラヨのひとりごと

- 妹の「様子を見に行って」という指示は、曖昧《あいまい》で、ヒデマロさんには意味がわからなかったのかもしれない。ヒデマロさんにとっては、「じーっと、ちゃんと見た」から、言われた通りのことはしたという思いだったのかもしれない。「何を見るのか」を伝え、見たことを、誰かに報告するという細かい指示が必要だ。

・精神科の受診がひとりでできるうちはまだ元気なほうだと私は思う。ひどくなると、ひとりで受診する気力もなくなる。私は、「死にたい」と「命の電話サービス」や、「保健所の保健師さん」や、「行政の相談窓口」に電話をかけたこともある。とにかくSOSを発信して、死なないように、頑張ることが大事だと思う。電話を受けてくれた保健師さんが、「あと、五分、頑張る。頑張れたら、あと一〇分、死なないように頑張る。それを続けて、最終の手段（自死）だけはしないように！　近くの保健師に、緊急で訪問させてもよいのですよ！」と電話で励ましてくれた言葉が、本当に生きる力になったこともあった。保健所の保健師さんは、私の許可をとってから主治医の先生に、連絡してくれた。とてもありがたかった。

　私は、通院しながら三十代半ばになりました。その間、私はヒデマロさんに直接「死ぬほど辛《つら》い」ことを何度も言葉で訴えました。しかし、ヒデマロさんは「ニャンキーは死んでないよ」と不思議な顔をするだけでした。「死ぬほど」という曖昧《あいまい》なたとえがうまく伝わらなかったかもしれません。もちろんヒデマロさんに悪意はありません。

　妹はヒデマロさんに、連休を使って短期でも私を入院させたほうがいいと言いました。しかし、ヒデマロさんは、「懸賞に当たったから、連休には家族で温泉に行くんだ。すごく豪華な旅館なんだよ。これでニャンキーも気分転換になるし、休めるから大丈夫だよ」と言い、温泉旅行に行くことになりました。

　私がその豪華な温泉旅行で思っていたことといえば、「温泉も広くて、屋上に露天風呂がある。ここから飛び降りたら、楽だろうな……」や「ご飯も美味しいんだろうけど、食欲ないから食べられないな……でも、とーまやぴーなは喜んでいるし、ヒデマロさんも嬉しそうだな……」というものでした。実際、私はヒデマロさんが運転する助手席で、「死にたい、死にたい」と繰り返しつぶやいていました。

　旅行の準備や後片づけ、そして旅行中の子どもたちの世話もあり、結局休むことはできませんでした。私にとって旅行は苦痛以外の何ものでもなくなっていました。

　主治医は、「この状態を、どうしてあなたの夫は心配しないんですか？　受診には付き添ってくれないんですか?」ということを言いました。その頃は、まだ「カサンドラ症候群」という言葉も知れ渡っていませんでした。また、医師も付き添いにすら来ない夫の雰囲気がわかりません。もし、夫が付き添いに来てくれたとしても医師が夫の特性について言及する感じではなかったように思います。私自身も、環境の変化や育児などの疲労が蓄積して、様々な要因が重なり、うつ病を発症したのだろうと思います。私は、「いろいろなことをすべて抱え込み、頑張りすぎた結果、発症した」うつ病と診断されました。主治医の先生も妹も、私の「家事をやらなくてはならない」「育児もやらなければならない」を「手を抜いてもいいんだ」「休んでもいいんだ」と思えるように変えていかなければならないと動きだしてくれました。

　私のうつ病の治療は「家族一丸となって乗り越えなくてはならない」「そのために変化が必要」であり、「乗り越えれば大きな絆となる」はずだったのです。しかし、ヒデマロさんはそもそも、その特性から「自分はもともと何も悪くないのに、ニャンキーが病気になって、ニャンキーの妹の、のんちゃんがうるさく言うから通院させた」だけであって、「できないことはできない」し「何を変えればいいのかわからないし、変える意味もわからなかった」のかもしれません。

　私は結局、妹だけでなく、保健所に勤めていた保健師の親友にも「やはり死にたい気持ちは収まらない」「辛くてしかたがない」ことを吐露《とろ》しました。家事や育児が心配で今まで踏み切れないでいたのですが、明らかに自殺企図がみられる私の状態を懸念した主治医の先生や、妹や親友の勧めもあり、私は思い切って入院することになりました。そのときの私は、食事を取ることができず、病院からは最大値ぎりぎりの量の薬を処方されていました。あわせて、自分で食事を取ることができないため、病院で処方された栄養剤で生き延びているようなものでした。自分の身支度すらままならないほどの状態だったのです。

そして入院については、ヒデマロさんを説得するのに時間がかかったとのことでした。ヒデマロさんからみると、のんちゃんは、自分に変わることを要求し、しかも「大好きなニャンキーと離れなければならない」宣告をしてきます。さらにのんちゃんに、自分にはとーまとぴーなの面倒をみることができないだろうと断定され、両親に事実（ニャンキーがうつ病を発症したこと）を話して、何週間か手伝いに来てもらうようにすぐに電話しな

さいと命令されるのです。ヒデマロさんにとっては、「自分は育児ができないお父さん」であると宣言された衝撃、世間体を気にして、これまで上司や同僚、ご近所さんにも話さなかったことを両親に言わなければならないという「自尊心の崩落」、そして予想だにしなかったのんちゃんからの「責めの一言」……大混乱だったと思います。

妹（のん）「このままの状態が続いて、お義兄《にい》さんが仕事に出ているときに、お姉ちゃんが死んじゃうかもしれないんだよ。それくらいひどい状態なんだよ。みんなそれぞれ仕事があるのに、ずっとそばにいてあげるなんて無理でしょう？　とーまやぴーなにもお母さんがこんな状態ではよくないよ」

ヒデマロ「いや……そうだけど……」

妹（のん）「入院しないと、治らないんだよ！」

ヒデマロ「でも、ニャンキーはよくなってきているじゃないか！」

妹（のん）「どこが？　どんなふうに？」

ヒデマロ「栄養も取っているし、朝、『いってらっしゃい』って言ってくれるし！」

妹（のん）「それは、エンシュアリキッド（食事がとれないときに用いる経口栄養剤）を飲んでるだけだし、歩き方もふらふらしていておかしいでしょ⁉」

ヒデマロ「……」

妹（のん）「もしも、入院させられないというなら、離婚を前提に、とーまもぴーなも一緒に、一時的にでも私が預かるから！」

ヒデマロ「……」

ヒデマロさんはフリーズして何も言わなかったそうです。

私がこのような状態になるまでは、妹にとってヒデマロさんは「自分の大切な姉が夫として選んだからこそ信じてあげたい人」だっただろうし、私と同様に「自分の父親（実父）とは違う穏やかな人」であったはずなのです。しかし、この時点では、妹にとってヒデマロさんはすでに「自分の大切な姉をここまで追い込んだ人」でしかありません。

実際に感じていた危機（とーまの記憶）

何が原因かは覚えていないけれど、ものすごい大ゲンカをお母さんとした。小学生だったぼくは、思わずお母さんに、「死ね！　死んじゃえ！」を連発した。そのとき、お母さんがとても悲しそうな顔をしたけど、抑えられなかったんだ。そうしたら、お母さんは、ふらふらと歩きながら、苦しそうに、「本当にお母さんが死んじゃったら、きっと大人になってから、とーまはすごく後悔するよね。だから、お母さん、頑張るよ……。死なないよ……」と言った。ぼくは、悪いことを言ったと本当に思った。お母さんがこのままベランダから飛び降りて本当に死んでしまうかもしれないと思った。とてつもなく不安になった。だから、そのあと、「ごめんなさい！」を言いながら必死でお母さんに抱きついて泣きわめいたのを覚えているんだ。

このままでは「子どもたちにも良くない」というのは、とーまが話してくれたことから察するに、事実だったと思います。そして、本当に、入院していなかったら、私は死んでいたかもしれません。自分でもどうしたらよいかわからないほど苦しかったのです。

サラヨのひとりごと

・私と同じく、理由は違えど、ヒデマロさん自身も何かに混乱し、苦しんでいたのかもしれない。なぜ、妻の妹が激怒しているのか、わからなかったのかもしれない。わからないのに責められ続け、何か苦しかったのかもしれない。

・私はいま、生きている。生きる力を与えてくれた子どもたちに心からお礼を言いたい。

本当に死ななくてよかった。とーま、ぴーな、ありがとう。

・いま、これを読んでくださっている方の中には死ぬほど辛い人もいると思う。でも死んではいけない。

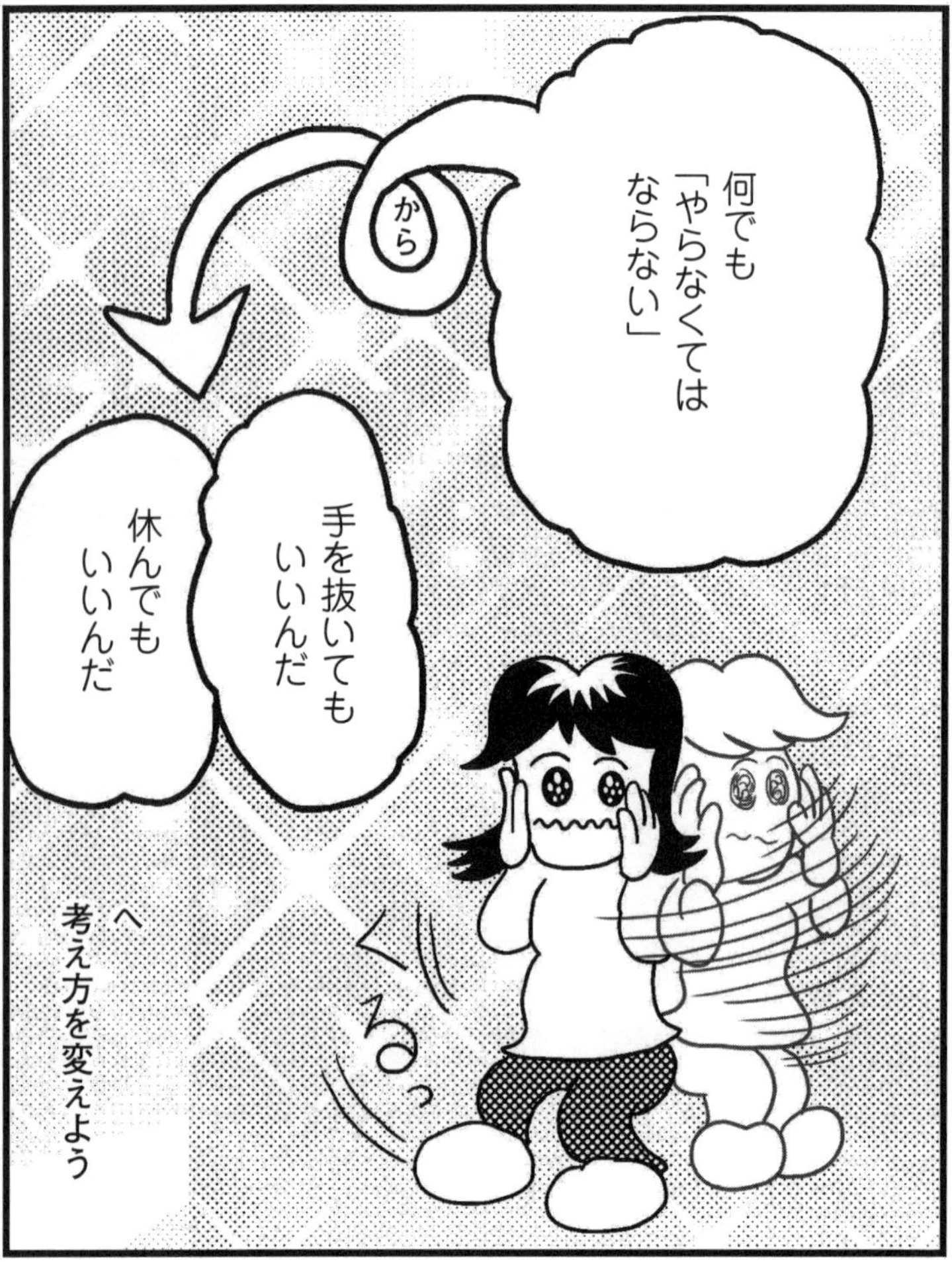
何でも「やらなくてはならない」
から
手を抜いてもいいんだ
休んでもいいんだ
へ
考え方を変えよう
くるっ

12 入院

私の激動の二年間の始まりでした。ヒデマロさんは、義父母（ヒデマロさんの父母）に電話をして、私の妹（のんちゃん）に言われた通りに伝えました。「ニャンキーが『うつ病』になっちゃって、入院することになったんだ」「『うつ病』のことは、こっちに着いたら詳しく説明するよ」「少なくとも、二～三週間はかかるかもしれない」「週末は、のんちゃんが来てくれるから、（お父さんとお母さんが住む家に）一旦帰ることはできるよ」

義父は「うつ病」についての知識が少しあったらしく、すぐに状況を飲み込んでくれたようでした。義父母はその電話をした翌日には駆けつけてくれました。義父母の到着を待って、すぐに私の入院日は決まりました。私は、ヒデマロさんや義父母に、「ぴーなのお弁当箱はこれがあるから……、お迎えは……」「とーまとぴーなのおもちゃはここにあって、これがお気に入りなの……」「洗濯物は……調味料は……」と、ひっきりなしに説明していきました。そんな私を見た妹が、「心配いらないよ。私が全部伝えるから」と請け合い、「入院前に、とーまとぴーなと一緒に寝てあげて」と言いました。そして、私が寝ている間に、ヒデマロさんは私の妹に助けられながら、義父に私の状態を説明しました。そしてその後、妹が、ヒデマロさんに尋ねながら私の入院のための荷造りをしてくれたそうです。
家を出るとき、玄関で幼稚園に通っていたぴーながが、その素直な顔とほがらかな声で私に聞きました。

ぴーな「お母さん、いつ帰ってくるの？　夜？　明日？」

サラヨ「明日はムリかな……？」

ぴーな「じゃあ、何回寝たら帰ってくるの？」

サラヨ「お母さん、まだ、いつ元気になるかわからないんだ、ごめんね、ぴーな」

ぴーな「えー、じゃあ、会いに行くよ。ね？　お父さん！」

サラヨ「……」

ヒデマロさんは、そのときなぜか場違いな感じの微笑《ほほえ》みの表情をしたそうです。ここで「笑い⁉」と、妹は感じたそうですが、「きっと、ヒデマロさんも寂しいのをごまかそうとしているのかもしれないし、子どもに不安を与えないようにしようと思っているんだ」と思うことにしたそうです。私は、何も言わないヒデマロさんの代わりにぴーなの頭をなでながら答えました。「それは、お医者さんがいいって言わないとダメなんだ……ぴーな。お母さんが元気になって帰ってくるまで、お父さんの言うことをよく聞いて、おじいちゃんとおばあちゃんと仲良くしていてね」

私は泣いていました。私につられて妹も泣いていました。「うつ病」だということやその病について、到着した夜に説明されていた義父もやはり複雑な表情でした。義父としては、至極当然の反応だったと思います。人として親子の情愛も感じるし、病になってしまった義娘に、何て声をかけたらよいのかわからないという気持ちも理解できます。

私は「やっぱり私、とーまとぴーなを置いて入院なんてできない……」と言おうとしました。しかしすぐに、妹が私をひきずるように外に連れ出し、私は車に乗せられました。私はずっと、家にいるとーまとぴーなが心配でたまらず、「〇〇、できるかな……?」「△△、どこに置いてあるかわかるかな……?」などと独り言を言いながら、助手席で泣いていたそうです。そのたびに、妹は、「今は、しっかり治療に専念することが、何よりもとーまとぴーなのためだよ」と言い続けていました。私を病院に送り届けた妹が帰宅すると、ヒデマロさんは洗濯物を集中してたたんでいたそうです。義父は、のんびりとーまとぴーなの遊び相手をし、義母はキッチンの高さの不満やどこに何が置いてあるかわからないことをぶつぶつ言いながら、夕食の支度をしていたとのことです。その光景を見て、平日の生活に不安を覚えた妹は、すぐに確認をし始めたそうです。

妹(のん)「ぴーなの送り迎えは何時?」

ヒデマロ「えーと……」

妹(のん)「探してきて。幼稚園バッグに入っているって言ってたでしょ?」

ヒデマロ「えっと……」

妹(のん)「お義母《かあ》さんは、ご飯とお弁当作り、洗濯をしてね」

妹(のん)「お義父《とう》さんは、ぴーなの送り迎えをしたり、公園に連れていったりして世話をお願いね」

妹(のん)「お義兄《にい》さんは、幼稚園の連絡表に『お母さんが体調不良で家にいないこと』を書いたり、行事で使うものを確認したり、買い出しに行ったりしてね。それ以外の、こまかな家事なんかは、三人で分担してやるように、お義兄さんが割り振ってね」

ヒデマロ「……わかった」

しかし、誰も私の入院物品などのことには頭が回っていなかったようです。突然訪れた日常の変化に戸惑いと不安があったのかもしれませんが、せめてヒデマロさんくらいは、「できるだけニャンキーに会いに行ってあげたい」と、言ってくれていると思っていました。しかし、私の病院の手続きや着替えの入れ替えなどは、妹がすべておこなってくれました。病院の申し送りも妹が聞いてくれたし、生育歴やこれまでの環境の変化など治療の参考になりそうなことは、妹が手紙にしたためて、医師や看護師に伝えてくれたそうです。結果的に、私の入院中、ヒデマロさんは病院には一度も面会には来ませんでした。病棟の看護師さんから「患者を追い詰めたのはこの人か」と思われそうなのがイヤだったのかもしれませんし、「入院は、のんちゃんが勝手に決めたんだから、ぼくは知らない」という姿勢を貫き通したかったのかもしれません。実際、本当に仕事が忙しすぎたのかもしれません。理由はいまだにわかりません。

根本的に「カサンドラ症候群」から抜け出すには、三つの道があるという文献[1,2]があります。私はそのうちの一つめの道をまず選びました。「離れる」「去る」という道です（その他の道はⅤの章をご参照ください）。

うつ症状がひどくなったので、まずストレスだと思われる要因から離れるとか、一時的に避難することも大事だと主治医の先生はおっしゃっていました。

私にとって、一時的にストレス要因から、入院という方法によって離れられたことは運が良かったと思います。親友の進言や妹の助け、義父母の協力のおかげでした。

サラヨのひとりごと

・これを読んでいる方々の中には、やはり、子どもがいると結局は入院できないと感じる方もいると思う。私が入院できたのは、周囲のお陰で、本当に恵まれていたと思う。親族や、託児サポート、社会資源を駆使して、主治医の先生と相談して、色々な角度で考えてみて、よりよい道が見つかるように、心から願う。うつがひどいときは、そういう方法も、自分では考えることができなくなると思うので、信頼できる人、機関に相談して一緒に考えてもらうことも大事だと思う。

• 親の病気や不在であることをどのように伝えるか（子どもたちへの知らせ方について[14,17]）は子どもの年齢や理解力によって千差万別。でも、とーまもぴーなも母親の姿をよくみているので「何か変だ」とは気づいて、不安になったと思う。子どもたちが「親の体調不良は自分のせいだ」と考えないように、年齢や理解力に応じて、「子どものせいで発病したのではない」ということは伝えなければならない。とーまやぴーなの場合は、私の妹からそのことを丁寧に伝えてくれて、義父母が世話もしてくれたので、子どもたちにとって大きな挫折体験にはならなかったと思う。

13 辛くて穏やかな入院生活

1．冬眠

入院したはじめの十日間ほどは眠ってばかりの生活を送っていました。着替えを届けがてら様子を見に来た妹が、私のその状態に驚愕《きょうがく》し、慌てて看護師に問うと、少しして主治医が説明に来てくれたそうです。妹が驚いたのも無理はありません。私は常に点滴で睡眠導入剤や精神安定剤のようなものをうっている状態で、トイレに起きることもないように紙おむつをしていたこともあったようです。妹が来ても、意識がもうろうとしているような表情と返答で、よろよろというより、這《は》って動いているといった状態だったそうです。

しかし、これは必要な治療だったとのことでした。家にいるときの私は、いつのまにか、常に「家事は大丈夫だろうか」「とーまやぴーなが困っていないだろうか」という意識が働くようになってしまっていました。実際に、たとえ横になっていても、家にいるときはヒデマロさんが「ニャンキー、ご飯、まだ?」と声をかけてきたり、とーまやぴーなが「お母さん、遊ぼうよ」（ヒデマロさんには対応できないのでした）と体を揺らして起こそうとしたりという日々が続いていたので、ちゃんと睡眠をとるということができない心身になっていたのです。

妹にしてみると苦しい姉（私）の姿だったようですが、寝ていた私にはとても幸せな時間でした。何年かぶりに、家事や育児のことを一切考えず、誰にも邪魔されずに、ただひたすらに眠ることができたのです。

サラヨのひとりごと

・ひたすら眠れるということが、どれほど幸せなことなのかと、私は感じた。私がインフルエンザで高熱がでていようと、体調が不良であろうと、「ニャンキー、ご飯まだ?」と、声をかけてくる影に怯《おび》えることのない、その隔離環境は「安眠」が確保されていた。私は何年かぶりに、ちゃんと「眠る」ことができた、と感じた。睡眠は本当に大事だと思った。うつの急性期真っ只中だった。眠る幸せを感じた。私は入院してしまったが、家事や育児や夫のことで孤独と疲労を感じている方は、やはり、何かしら、一時的でもよいから、ストレス要因から避難する、離れるということは大事だと思う。

冬眠―急性期のうつで入院

外来から
即、入院。
医師《センセイ》も
看護師さんも
みんな
優しかった。
ああ
うれしい…
私は
寝ていいんだ…
何年ぶりだろう
……
なんて
気持ちが
いいんだろう
……
寝られる
んだ……

ギョギョッ
お姉ちゃん⁉
妹ののんちゃん
お姉ちゃん
大丈夫⁉
あ……
はいひょうふ
（大丈夫）
△□○×△……
お姉ちゃんっ

お姉ちゃん……
着替え どこに置く……？
ほほら へんに……
（ここらへんに）
○×△□×○
お姉ちゃんっ
よろよろ
そうですよね
ご家族の方は驚かれますよね
主治医の先生

今は
サラヨさんは
安心して
ぐっすり
眠ることが
大切なのです＊
……ところで
ダンナさんは
来ないんですか？
それが
……
慣れない
生活でいっぱいいっぱい
かもしれません…
よくわからないんですが……
喧騒《けんそう》をよそに
私は安らいでいた
……
数年ぶりに
眠れる……
安眠の幸せ……

＊治療法は人によって違います。

2．目覚め

薬を使わなくても安心して眠ることができるようになってくると、「希死念慮（死にたいという気持ち）」を感じることも少なくなってきました。けれど、溜まっていた疲労が取れただけで、身体の回復はままならなかったので、冬眠状態から覚めた私は、その後の二週間ほどは少しずつ体力をつける練習を始めました。まず、自分でシャワーを浴びたり、病棟内を散歩したりすることから始めました。シャワーで倒れることもあって心配されたこともありましたが、いつもふわふわしている感じで辛《つら》いと感じたことはありませんでした。また、病棟内を散歩していると、入院している方々がさまざまな事情を話しているのを耳にするので、「人生、いろいろあるんだなぁ～」とさらに穏やかな気持ちになり、ほんわりほんわり歩いていたように思います。

次に、外出も認められるようになりました。私は、本当に何年ぶりかわかりませんが、「外の空気が新鮮だ」と感じました。それまでは「外に出るのが億劫《おっくう》だ」「ママ友や知り合いにあったらイヤだ」「五時までに、○○と△△を買って帰らなくちゃいけない」という恐怖や焦燥感で、息苦しさしか感じていなかったのです。久しぶりに、無目的に書店やＤＶＤショップを自由に歩く経験をして、私は喜びを感じ始めました。

主治医は忙しい診察の合間をぬってでも、治療の節目ごとに、私の回復状況や今後の見通しについて、週に一度面会に来てくれる妹に伝えていました。毎回妹に「本当は、だんなさんに話すべきことなのです。だんなさんは来られないのですか？」と告げるのでした。主治医の先生は「うつ病」の治療には、本人だけではなく家族の協力が必要なことも妹に話していました。妹も痛感していました。もちろん妹は、ヒデマロさんに、私の見舞いに行くように何度も説得を試みていました。けれどヒデマロさんは面会には来ませんでした。ヒデマロさんの真意はわかりません。本当に、私がいないという日常の変化についていけなかったのかもしれませんし、会いに行ったところでいつものようには受け答えできない私にヒデマロさん自身が悲しい思いをするのがいやだったのかもしれません。

治療に家族の協力が必要だというのは、入院中の家事や育児のことだけではありません。患者本人だけでなく、家族も少しずつ変わる努力をしなければ、根本的な解決にはならないのだと思います。妹はそのことをくわしく伝えたそうですが、やはりヒデマロさんは現実を受け入れることができていないように感じたそうです。そんな妹とヒデマロさんの攻防戦など露ほども知らなかった私は、体力も回復して日常のことにも気持ちが向くようになってきました。そうなると、すぐに思い浮かぶのはとーまとぴーなのことでした。「心配事を忘れる」ことも必要な治療だということはわかっていたのですが、私はやはり妹に子どもたちの様子を何度も聞きました。けれど妹は、「とーまとぴーなは、ヒデマロさんたちがしっかり面倒をみてくれているから大丈夫！　だから、先生の勧めどおり、ゲームとかマンガとか、ここ何年かできなかったことをしてみたらいいよ」としか答えてくれませんでした。心身ともに回復し始めていたとはいえ、私は自分で自分の気持ちや行動をコントロールできるようには、まだなっていなかったのです。

サラヨのひとりごと

- 私は満たされない愛情欲求に苦しみ、素直に自分の気持ちを出せず、ずっと感情のコントロールができずに暮らし続けていたと思う。そのことに気づくのに二十年かかった。
- 「うつ」という形で私は究極のＳＯＳ発信をした。振り返ると、夫のヒデマロさんに一番に、私のＳＯＳを受け止めてほしかったのだと思う。「感情を受け止めてほしい」「受け止めて、私がわかるように表現してほしい」……そこがきっと、カサンドラに陥るみなさんの本質だと思う。

目覚め

安心して眠れる場所がある……
安心して生きていける場所がある……
ふわふわ
ふわ
ふわ
ふわ〜
ふわ〜
ふわ〜
他の患者さん
サラヨさん大丈夫〜〜?!

ふわ〜〜〜
看護師さん自分でシャワーを浴びて、身の回りのこともできるようになってきました〜
ふわ〜
西城さんよくできましたね〜
看護師さんも病院の人もみな優しく「確保された安全」を感じ……
主治医の先生の言葉に励まされ……
ふわ〜ふわ〜
身の回りのこともできるようになったし外出して散歩もＯＫね
ふわふわの行動範囲が少しずつ広がってゆくのであった。
ふわ
ふわ
ふわ〜

私が救急車で運ばれたときには
他の患者さん→
何を言っているのか、わからない状態でさあ
この病気いつ治るのかしら……
他の患者さん→
私は徐々に他の患者さんの話が耳に入るようになってきた……
いろんな人がいるなあ
着替えもできるようになってきた→
少しずつ外出の時間も増えてきた
ふわ
ふわ
ふわ
ふわ

外の空気
新鮮だ……
恐怖も焦りも
少なくなって
きた……
以前は
川を見ても
死ぬこと
ばかり
考えて
いたのに
……
少し穏やか→
生きていて
よかった
ジョバーッ
涙→
まだちょっと
不安定!?

3. 迫る現実と焦り

回復するにつれて、私は「ずっとこのまま穏やかでいられたらいいのに」という思いと、「そういえば、とーまやぴーなはどうしているのだろう」という心配がせめぎ合いを始めました。その頃、妹は主治医の先生から、「お姉さんが前向きになれそうなことなら、子どもたちの話をしてもいい」（つまり、「お母さんがいなくて寂しがっているよ」「家事で困っていることがあるみたい」という話し方はいけないということ）と話されたそうです。ですから妹は、心配する私に、とーまの小学校の様子（素朴にやってしまっていた笑える行動）や、ぴーなが公園で泥団子がうまくできたことを話してくれたり、「おじいちゃん（義父）たちが家事を分担してうまくやっているから、私（妹）の出番なんてないくらいだよ～！」などと笑って話してくれたりしました。

要領を覚えた義父（ヒデマロさんの父）が作る、ぴーなのお弁当は好評のようでした。ぴーなは素直に環境の変化を受け入れていたらしく、幼稚園の送り迎えも義父が担ってくれていました。幼稚園で過ごす時間が長かったことも変化に敏感にさせないように働いたのかもしれません。幼稚園の送り迎えのときに義父が吸っているタバコのにおいがぴーなは不思議でしかたがなく、「タバコとはいったい何ものなのか。身体に悪いはずなのに、どうして美味しそうにおじいちゃんは吸うのか」というその疑問を素直にぶつけて、義父をたじたじにさせるような平和な日々を送っていたようです。義父にとっては、「うつ病」の治療が長くかかることも知っていたし、忙しいとはいっても、自分が働いていたときにくらべれば、その忙しさの質に戸惑うだけで、愛《いと》しい孫たちとの日々だったのだと思います。ですから、それほど苛立《いらだ》ちも焦りもないようでした。本当に義父への感謝の気持ちでいっぱいです。

私は、家事や育児とは関係ないゲームや本にも、罪悪感（「私だけこんなことをしていていいんだろうか？」といった思い）に苛《さいな》まれることなく取り組めるようになっていきました。主治医の先生も私の大きな進歩に驚いたほどです。「ストレスをためない」「やらなくてはならないことに、自分を追い込まない」という考え方を築きあげる大事な一歩だからです。食事もちゃんと固形物をとれるようになり、少しずつではありますが、言葉にも前向きさが感じられるようになってきたと思います。とはいえ、病院内の生活から、急激に現実の日常生活に戻るには、まだ大きな不安がありました。ですから、さまざまな病気後のリハビリと同じで、外出時間を少しずつ増やしたうえでの外泊（病院から一時期出て、自宅などに泊まること）……と慣れさせていくことになります。外泊の話が出る段階になっても、ヒデマロさんはやはり面会には来ませんでした。義父が必要な入院物品を二、三度届けてくれたこともあり、理解があったといえます。義父母の家事と育児の協力があったので、ふだんのヒデマロさんは、特に変化なく生活できていたのかもしれません。妹や義父母が生活環境を整えてくれていたため、ヒデマロさん自身が困ることはなかったのだと思います。

サラヨのひとりごと

・この「焦り」という気持ちは、入院した経験がある人ならすごくわかると思う。急性期を脱すると、早く戻らなくちゃいけないような、それでいて、完全には戻る自信がないような、焦りや不安でいっぱいになる。本当に、自分の根本的な考えを変えていくことが大事だと思う。手抜きをしてもいいんだ、大丈夫なんだ、という考え方に変えていくことが大事だと思う。

・実際、入院患者同士での「会話あるある」では（笑）、「いつになったら、よくなるのかねえ」「いつになったら、外泊できるのかねえ」……という堂々めぐりのため息混じりの会話が日常茶飯事だった。そして、外泊や退院の患者友達をみるにつけ、羨望《せんぼう》のまなざしとなった。（笑）

迫る現実と焦り

病院にいれば
ずっとこのまま
穏やかで
いられる……
いや
いや!
ダメだ!
ぶるん
ぶるんっ
おかーさーん
子どもらが心配していないかい?
不安怪獣《かいじゅう》
とーまやぴーなはどうしているんだろう

イヒヒヒ……
元気なお母さんに戻れるのかい？
不安怪獣
どよ――ん
わ――――っ
私は元気な私に戻れるのだろうか……
不安
早くよくならなければ
焦り
ドキ
ドキ

4. 初の外泊日

入院からおよそ一か月が経った頃、二、三日おきには外出できるくらいにまで私の心身は回復していきました。それに伴って、子どもたちへの思いも高まり、私はとーまの運動会を観に行きたいという意欲が出てきました。そのため初めての外泊日は、とーまの運動会にしたいと主治医の先生に訴えました。ただし、朝の準備、運動会の大勢の人混み、ご近所さんを含め、たくさんの人からの声かけ……私にのしかかるストレスが容易に予想できるだけに、主治医の先生は当初、やはり躊躇《ちゅうちょ》していました。しかし、主治医の先生は、私が「子どもたちに会えないことによるストレス」や「とーまの晴れ姿を観に行ってあげることができなかった罪悪感」をひきずってしまうことを懸念して、外泊に関わる注意事項を守るように念押しして許可してくれました。

「とーまの運動会を観たいと本人が強く希望したから許可された外泊であって、本来なら、まだ絶対入院であること」「外的刺激がうつ病を悪化させるかもしれないこと」「ストレスとなる家事をさせないこと」といった主治医の先生からの注意事項を、妹が、運動会前日にヒデマロさんと義父母に何度も説明したそうです。

しかし、ヒデマロさんは一度も面会に来ていないためか、深刻さは伝わらず、「とーまの運動会を観に来られるくらい、ニャンキーは元気になった」としか認識されなかったようでした。そのため、妹がそうではないことをなかば怒り気味にくり返し伝えても、ヒデマロさんは「わかった。何もさせなきゃいいんだろう?」という調子でふてくされ、義父だけが、面会にも来てくれていただけに「どれくらい回復しているかはわからないが、運動会の準備や段取りはこちらでしよう」と、無理をしても子どもの運動会を観たいという私の親心に心を打たれた表情でうなずいてくれたそうです。

当日、とーまはもちろん私が観に行くことを手放しで喜んでくれました。

ご近所さんやヒデマロさんの同僚、ママ友や学校の先生にも、私が「うつ病の治療で入院している」ということは隠していました。すぐに噂が広がるということもあり、ヒデマロさんの仕事への影響や世間体が気になりましたし、とーまやぴーなが傷ついたりすることも避けたかったからです。そのあたりは、妹がうまく取り繕ってくれていました。

運動会でも、常に妹が付き添ってくれていて、できるだけ知り合いから声をかけられないように動いてくれました。それでも親しくしていたママ友から声をかけられたりすると、「体調が悪くて……」とごまかしながら、「自分はどのように見られているのだろう」と心配になりました。

帰宅後に、なんとかみんなで食事をし、病院へ戻る車中で、私は妹に尋ねていました。

「私、普通だった？」

サラヨのひとりごと

・今から思うと、うつに加え、大勢いる場所や、他者からの視線にも恐怖をおぼえるような状態だったように思う。運動会に顔を出したことは、そのあと、大変な疲労にもなったが、一方では小さな自信にもつながったように思う。疲労と自信の小さな一進一退を繰り返して、うつは少しずつ良くなっていったように思う。この本を読まれている方で、入院中の方もいるかもしれない。私の周りでは、外泊で、「やっぱり自信がなくなった」と話す患者友達もいたし、私自身も外泊で落ち込むこともあった。だけど、いつかは上向きになると信じて、小さなステップに自信を持って、希望を持ってほしい。

外泊時の闘い

あら～西城さん～～
元気ィ？お久しぶりィ～～
えっ
あ あの
体調悪いけどまぁなんとかね……
びく びく
人が怖い
話しかけないでほしい……
ふ～う….
大丈夫？
妹ののんちゃん
私普通に見える？
まあ……なんとか……

5. 外泊という名のリハビリ

初の外泊後、病院に戻り、私はやはり不安に襲われました。いつかは現実の生活に戻らなくてはなりません。でも、元気な「私」に、元気な「お母さん」に戻れるのでしょうか。「元気な私に戻れないかもしれない」という思いで、また眠れなくなったりもしました。うつ病の回復には時間がかかると頭ではわかっていても、とーまやぴーなのことを考えると、「早く元気にならなくてはいけない」という焦りも出てきました。

初の外泊日からおよそ二か月間、治療が進んで私の心身に回復の兆しが見られるようになったこともあり、外泊も増やしていきました。それにあわせて、私が退院したときに混乱せず家事や育児をこなせるように、義父母の手伝いも徐々に減らしていきました。私は少しずつ以前のように家事や育児をこなせるようになっていきました。けれど、何度か外泊をおこないましたが、やはり家庭や外出先でのストレスが大きく、病院に戻ったときにはいつも不安と焦りが入り混じった状態になったこともありました。薬の作用がないと眠れない日もありました。外泊したときには、やはり気持ちが高揚してつい頑張ってしまうので、見た目には元気な人に感じられたかもしれません。しかし病院に戻ってくると、やはり外泊の反動で大きな疲労や罪悪感を覚えたりもしました。

そんなかでも、ヒデマロさんの生活に変わりはありませんでした。私の不在時の家事や育児は、義父母の協力があったから成り立っていましたし、私が外泊で自宅に戻ったときにヒデマロさんが接する私は元気に見えるからだと思います。ヒデマロさん自身が困ることはなかったのです。いっこうに面会に来ないヒデマロさんに対して、主治医の先生はその部分をしっかりと懸念事項にあげていて、私が退院を願ってもすぐには判断を下しませんでした。

サラヨのひとりごと

- なかなか退院の許可がおりなくて焦りや不安に襲われている入院中の読者の方もいるかもしれない。振り返ると私も焦りや不安でいっぱいだった。不安になったら、その気持ちを主治医の先生によく話して、伝えるとよいと思う。先生を信じて、「きっと大丈夫、いつかきっとその日（退院できる日）が来る」と信じてほしい。私は先生を信じて本当に良かったと思っている。この病気にならなかったら、このような素晴らしい先生には出会えなかったと思う。病気になったことは意味があったのだと思う。

外泊から帰院後

ざわざわする……
不安と焦り恐怖……
看護師さんわ、私はダメな母親でした……
そんなことはないですよ
よく頑張りましたよ
外泊の疲れが不安や焦りとなって出てきたのかもしれませんね……
疲れたのですね
主治医の先生

早く退院したい気持ちや外泊を繰り返すもどかしさ……
不安 焦り ……
一歩進んだと思ったらまた下がり……
転んだり立ち止まったり……
6月
月火水木金土日
1 2 3 4 5 6 7
8 9 10 11 12 13 14
15 16 17 18 19 20 21
22 23 24 25 26 27 28
29 30

6．退院したはいいものの……

入院して三か月が経っていました。およそ二か月間、何度かの外泊をくり返し、私は少しずつストレスとの向き合い方を学んでいきました。自分の不安や焦燥感を、本当に少しずつではありますがコントロールできるようになってきました。そして、うつ状態になってしまったときには忘れていた「とーまやぴーなと一緒に遊びたい」「とーまやぴーなとお話をたくさんしたい」「自分が認められるような仕事（中断していた医療などの仕事）を再開したい」「何か新しいことを学びたい」という意欲を、取り戻し始めました。

そのように、前向きになっていく私の様子を見て、主治医も「私が無理をしない（頑張りすぎない）こと」や「家庭の理解や協力を得られること」を条件に、退院を許可してくれました。「これ以上、子どもたちに会いたいのに会えないこと」が私のストレスにつながってはいけないという判断もあったのかもしれません。

しかしながら、「私が無理をしないようにすること」について、主治医の先生は、家庭の理解については、ヒデマロさんが一度も私の様子を見に来たことがなかった経緯もあって心配なようでした。もちろん主治医は、妹が週末にしか来られないことや、義父母（ヒデマロさんの父母）もいつまでも手伝ってくれるわけではないらしいことを知っています。ですから、誰よりも夫であるヒデマロさんに「今後の生活で気をつけなければならないこと（私が無理をしないように、『夫』や『父親』として家事や育児を担い続ける必要性）」を伝えなければいけないのです。ヒデマロさんは、退院日が決まっても面会には来ませんでした。退院当日も迎えには来ませんでした。主治医の先生から、「妹さんにではなく、だんなさんに話して理解してもらわなければ、また同じ状態になって『うつ病』が再発してしまうこともあり得ます。お話できませんか？」と何度も問われましたが、妹がそのことを伝えても、ヒデマロさんはやはり、面会には来ませんでした。最終的に退院するとき、主治医の先生は私に、「もし家事や育児で、だんなさんの協力が得られないなかで休養できる方法があるとすれば、たとえば里帰りするとか、子どもを託児所や保育園に預けるなど、試してみるとよいですよ。ストレスから『離れる』というのも大切ですよ」というアドバイスをくれました。しかし、実際に子どもたちのことを考えると、私ができるのか、ヒデマロさんにその必要性が理解できるのか、難しいところではありました。

私は三か月の入院を経て、日常生活に戻れるまでに回復することができました。それでも妹は退院後も週末に何度か来てくれましたし、義父は二週間ほど残って、ぴーなの送り迎えや育児を手伝ってくれました。私は三か月のブランクを埋めるように、家事や育児の感覚を取り戻し、いつもの日常生活を少しずつ再開していきました。しかし、ヒデマロさんの行動が変わることはありませんでした。

ヒデマロさんは、いつものように帰ってくると、普段着になり寝転がって『ジャンプ』を読んで、「ニャンキー、ご飯、まだ?」と聞くのです。家事は義父母が世話をしてくれていたぶん、やり方を忘れてしまっていたことが多かったようです。育児も義父が子どもの相手をしてくれていたためか、ヒデマロさんはやり方を忘れてしまっているようでした。私自身も「入院してしまって迷惑をかけてしまった」という自責の念が働いてしまい、「私が不在の間はきっと大変だっただろうし、今度は私が休ませてあげなくては」と再び無理をしてしまったのかもしれません。ですから、私のうつ病が再発するのに時間はかかりませんでした。

私は、すぐにうつ病が再発したことを察しました。そして、ヒデマロさんに「休みたい」ということを伝えました。「うつ病」の回復には、休養が必要です。ヒデマロさんは、以前と変わらないように見える私のその言葉に納得してはいないようでしたが、私が「休みたい」と訴えるので、困ったようでした。義父はすでに帰ってしまっていましたし、ヒデマロさんはとーまやぴーなの面倒をみるのは苦手です。私は託児サービスを利用したいことを伝え、定期的に昼の間に少し休養するための時間を取ることにしました。子どもたちが託児所のおばさんを嫌っていることも知っていました。けれど、市とはいえ小さな土地で知り合いも少なかった私には、体調を考えると、その苦渋の決断をせざるを得ませんでした。

サラヨのひとりごと

・「ヒデマロさんは、以前と変わらないように見える私のその言葉に納得してはいないようでしたが、私が『休みたい』と訴えるので、困ったようでした」――の部分は、思い返すと、本人も本当に困っていたのかもしれない。「以前と変わらないように」見えていたのなら、そのままにしか受け取れないので、「以前とは違う」ということが、伝わらなかったのだと思う。私は、「以前とは違う、なぜなら、病気をしたから」「だから、休まなければならない」と、順を追って、短い言葉で紙に書いたり、診断書を見せるなどして視覚的に訴えるなどの伝達方法も必要だったのではないかと思う。主治医の先生になにか夫へのお手紙を書いてもらったらよかったのかもしれない。体裁や、面子を気にするタイプには有効な方法かもしれない。

退院

大丈夫大丈夫……
深呼吸して……
手を抜いて……
頑張りすぎないように頑張る……
苦しいときには休む……
立ち止まってもいいんだ……
薬とも上手につきあっていく……
疲れたときには横になって休む……
無理をしない……

ザッパーン
気分の波にうまく乗りつきあっていく……
疲れたときには人の助けを借りること……
そして休むこと……
少し
覚えた……

うまく
休養すること
ストレス源から
うまく離れること
手抜き
息抜き
大切にね！
……って
だんなさんにも
説明したいのだけど…
だんなさん
わかっているかな？
さぁ……
←妹ののんちゃん

ニャンキー退院してきたんだね
よかったぁ
……でごはんまだ?
お母さーん抱っこーっ
お母さーん靴下ないよーっ

週末……
妹ののんちゃんが手伝いに来てくれた
おかーさん
ニャンキー ごはん まだ～？
…………
変わってない…!?
あっけ
おかーさーんっ
少年ジャンプ

お義兄《にい》さーんっ！
変わらなくちゃ！またお姉ちゃんが入院しちゃうよ！
なんで？だってニャンキーは退院してきたんだよ
退院した
↓
良くなった
↓
ニャンキーは元気になった
↓
元の生活のままでよい
…と思っているらしい
だから、それは条件付きなんだよ
？？？？？とは？
ポリポリ

7．再入院

　退院して一か月が経った頃、私の家事と育児の量は入院前と同じに戻っていました。薬の服用も続けていましたが、私の体調は悪くなり再びめまいや吐き気もひどくなってきました。トイレで倒れたこともありました。

サラヨ「ちょっと、具合悪いからトイレに行ってくるね……」

ヒデマロ「わかった、ニャンキー」

　私はそのままトイレで意識を失いました。一時間ほど経った頃、目が覚めて居間に戻りました。ヒデマロさんは、私がトイレに行く前の、そのままの状態で『ジャンプ』を読んでいました。私は、薬を飲もうと思い、台所の電気をつけようとしたとき、再びめまいを起こして倒れました。気がつくと、ヒデマロさんは私をじーっと見ていました。後日、私は、「そういうときは救急車を呼んでね……」とヒデマロさんに伝えました。それでも不安になった私は、念のため小学一年生のとーまにも同じように教えました。

　私の心身の不調はまたもや悪化していきました。私はまた以前と同じように苦しむことになると思い、主治医の先生に再入院させてくれるように頼みました。しかし主治医の先生は、「だんなさんの意識が変わらないことには同じことのくり返しになる」と言い、隣の市の自分の病院ではなく、家から近くの病院に入院することを勧めてくれました。主治医の先生は、「そこであればだんなさんが『時間がないから面会には行けない』という理由は成り立たないし、妻が病気であることをしっかりとだんなさん自身の目で、耳で、病院の空気で、少しは実感できるだろう」と考えてくれたようです。「回復にあわせて妹の手伝いも少しずつ減らして、だんなさんに『家族として責任をもって家事や育児に携わる』意識ももってもらうようになることが大切だ」と、主治医の先生は話してくれました。

私は住宅がある同じ市の病院に再び入院しました。この入院をきっかけに、ようやくヒデマロさんは面会に来てくれるようになりました。ヒデマロさんの面会の様子は、ベッドの傍でぼんやり見ているという感じでしたがすごい進歩だと私は感じました。

一か月後、私は薬の服用だけでなんとか日常生活が送れるようになり、退院して家に戻ってきました。そして、ヒデマロさんと心のキャッチボールができない孤独感や、家事や育児のストレスを解消するために、「積極的に休養する時間を取る」「自分のやりたい仕事をする」という方法を選びました。ヒデマロさんは、私の「仕事をする」宣言に怒りました。その怒りは、「今までぼくたち（ヒデマロさん自身とその両親）に苦労をかけておいて、自分のやりたいことをするなんておかしい！」という気持ちからくるものなのかもしれないし、「前よりも、もっと自分にかまってくれなくなるじゃないか！」と思ったのかもしれません。その真意も、今となってはわかりません。結局ヒデマロさんには、「うつ病」の本質も、その解決方法の提案への理解も得られなかったように私は感じました。私は「家事や育児に支障がないようにして働くから」という、よく家族ドラマにありがちな無茶な約束をしてしまいました。予想通り、私の忙しさには拍車がかかり、結局また自分を追い込むという悪循環に陥ることになりました。

サラヨのひとりごと

- 無茶な約束をしてしまった私も、良くなかったのではないか。ヒデマロさんは、言葉を額面通りに受け止める特性を持つので、「家事や育児に支障がないようにして働くから」と私が宣言してしまったことはそのまま伝わり、ヒデマロさんの中で「家事や育児に支障あり」と認識されたら、「約束通りではない」ということになると思う。
- 私は手伝ってほしいことを紙や付箋《ふせん》に書くなどして自分の窮状《きゅうじょう》を伝える努力をすればよかったと思う。

14 私も妹も「迫害者」に

とーまがやんちゃ盛りになり、ぴーなが生まれて育児に追われるようになると、立場の変化に対応することが苦手であるヒデマロさんの言葉や行動、そして、実際に育児への危険性を目《ま》の当たりにして、私は徐々に、はっきりと「迫害者」になっていったのだと思います。つまり、ヒデマロさんにとっては、「ニャンキーは、ぼくよりもとーまやぴーなのほうが大事なのだろうか」「今まで通りにしているのに、どうしてニャンキーは怒ったり泣いたりするのだろう」「ぼくは悪いことはしていないはずなのに、どうしてニャンキーはぼくを責めるのだろう」という、自分の存在を脅かす存在に、私はなっていったのかもしれません。

それに加えて、「ニャンキー」(私)が「うつ病」になったことをきっかけにして、ヒデマロさんが今までしなくてもよかった家事や育児について、ニャンキーの妹の、「のんちゃん」が、事あるごとにうるさく指示して責め立ててきます。「のんちゃんが入院が必要だと言ったから、ニャンキーは入院した。退院してきたのに、治っていないじゃないか」「ぼくは頑張ってきたのに、これ以上、どう変わればいいと言うんだろう」

そして、私が「カサンドラ症候群」の特徴の一つであるうつ病を脱したあと、変化が受け入れられないヒデマロさんは、自分が発達に課題があるかもしれないことに気づかないまま生きづらさを感じ、苦しみ続けたのかもしれません。

結果、ヒデマロさんは「二次障害」を引き起こしてしまうのです。

サラヨのひとりごと

- ヒデマロさんの中では、「ニャンキーにとって、自分が子どもよりも何よりも一番」であってほしかったのかもしれない。恋人同士の時代から変わらず「永遠の彼女」でいてほしかったのかもしれない。彼の中での「永遠の彼女」が、子どもや仕事に取られていくような、深い嫉妬をヒデマロさんは感じて、苦しかったのかもしれない。
- ヒデマロさんは私の妹や周囲から「頑張れ」と言われても、何をしたらよいのかわからずに困ってしまったのかもしれない。困っている上に私の妹や周囲から責め続けられ、怒られてばかり、自分をいつも否定されているように感じ始めたのかもしれない。

15 お互いの距離

私は再発した重度の「うつ病」を乗り越えて、薬の服用を続けながら生活していました。退院して半年が経ちました。私は本格的に医療などの仕事を再開し、救急救命士の資格をとるために勉強も始めました。といっても、とーまは小学生でしたし、ぴーなも幼稚園児でしたから、家事や育児の合間や、寝かしつけたあとからの作業となりました。寝かしつけのあとともなれば夜の十時過ぎになります。そうしたら、仮眠をとっていたヒデマロさんが起き出してきて、「録画しておいたサッカーを一緒に観ようよ」とか、「一緒に寝ようよ」と言い出すようになりました。私は「勉強したいから」とか「仕事の準備があるから」とか「ＰＴＡ役員の仕事があるから」と言って断りました。私が断ると、はじめの頃はヒデマロさんも、私が作業をする傍らで、一人で録画した番組を観たり本を読んだりしていました。ただ単に私と一緒に起きていて、お互いに別々のことをしていながらも、同じ時間を共有していることで満足しているようにもみえました。しかし、そういう日々が続くようになると、徐々にヒデマロさんが病的になってきました。私が仕事や勉強を始めると、電気スタンドのコンセントを抜いたり、作業の道具や資格のテキストを取り上げたりするようになりました。

そもそもヒデマロさんは、私が仕事を再開したり勉強を始めたりする意味がわからないようでした。私は、自分の生きがいを取り戻したかったし、子どもたちの将来を考えて少しでも教育資金が得られるように資格を取りたいと思い始めていました。そのために、猛反対するヒデマロさんには、「できるだけ家事や育児に支障がないよう仕事や勉強をするから」と言って、とりあえず説得していました。ヒデマロさんは、「家事や育児に支障がない」＝「今まで通り、ニャンキーとの生活が送れる」と思ったに違いありません。ヒデマロさんとしては、自分は正当なことを言って、認めてあげていると思っているのかもしれません。ところが、当のニャンキーは、一緒に寝てもくれないし、一緒に寝てもニャンキーの隣で寝たいのに子どもたちを真ん中に置きたがるし、夜中には勉強が優先で、自分はないがしろです。ヒデマロさんは、急に私が仕事や育児を優先し始めて、自分から逃げていってしまうような恐怖感や予期不安のようなものにとらわれていったのかもしれません。

私は日中の家事と育児、そして夜の作業や勉強と、私にまとわりついてくるヒデマロさんへの対応で眠る時間が少なくなっていきました。そして、睡眠時間が二〜三時間という日々が数週間ほど続いた頃、私は日中に睡眠不足や疲労のためにキッチンで倒れました。その日は運よく小学生だったとーまが、何かの振替休日で家にいて、とーまが救急車を呼んでくれました。私は病院で、疲労が続いていることを医師に告げ、点滴をうってもらいタクシーで帰宅しました。そのときの私には、コンビニも遠く、また出来合いのお惣菜で済ますことは怠惰と思われるような公営住宅の雰囲気もあったため、「ご飯を作らなければならない」と思い込んでいました。ですから、具合が悪いなかで夕食を作った記憶があります。帰宅したヒデマロさんに言いました。

サラヨ「今日、救急車で運ばれたんだよ……」

ヒデマロ「ふぅん……」

サラヨ「点滴をうってもらったよ……」

ヒデマロ「点滴をうってもらって、よくなったんだね、ニャンキー」

ヒデマロさんは、私の体調を気にすることなく夕食をとり、たまっていた『ジャンプ』を読み始めました。私は、この人と一緒に暮らすことの苦痛を、はっきりと感じるようになりました。その夜の私は疲労のためにさすがに仕事も勉強もできずに休みました。

私は、夫婦でお互いの距離を感じ始めたときに、お互いの気持ちを交流し、話し合ってよりよい方法を模索していきたかったのだと思います。私は、家事や育児をもっと分担して二人の時間を作り、誰かに子どもたちを数時間預けて夫婦水入らずで食事に行きたいとも思っていました。

ところが、ヒデマロさんは、そもそも相手の気持ちをくみ取るのが苦手ですし、自分の気持ちを表現するのも得意ではありません。だから、まず話し合いにならないのです。会話の受け応えもとんちんかんで、会話のキャッチボールになりません。表情もほぼ無表情です。ヒデマロさん自身で、どこかに行ってしまいそうな私をつなぎとめる方法も想像できなかったのかもしれません。そして恐怖や見捨てられるのではないかという不安にヒデマロさんはとらわれていったのかもしれません。

サラヨのひとりごと

- 私は、「救急車で運ばれた」という事実は伝えたけれど、それだけでは、言葉の裏の意味がわからないという、ヒデマロさんの特性をまだ理解しきれていなかったのかもしれない。「運ばれたから、具合が悪いということ」「私は、体調を心配して、気遣ってほしいということ」「でもあなたは違う反応をすること」「だから、夕飯は自分で用意してほしい」……など、具体的に、細かく、言葉で表現して、説明しなくてはならなかったのだと思う。

- ヒデマロさんにとっての「普通」と私にとっての「普通」のイメージが違っていたのかもしれない。私は自分なりの「普通」をヒデマロさんに求めすぎていたのかもしれない。ヒデマロさんからしてみれば、理解できない「普通」を求められ、叱責《しっせき》され続け、ストレスになっていったのかもしれない。
- 私は「自分は苦しい、なぜなら、こうだから」と、もっと、自分の感情を伝える努力をすればよかったのかもしれない。そのように自分の感情を言葉に出してみることで、私が「本当はどうしたいのか（どうなりたいのか）」、気持ちも整理できたかもしれない。
- 病院の診療明細や、領収書、診断書など、ヒデマロさんの目に見える形で、苦しみや心身の不調を訴えたら、理解してもらえたのかもしれない。

Ⅳ アスペルガー症候群の二次障害

1 心身症・睡眠障害(4、5)

私は退院してから、手を抜ける家事は無理をしないようにし、入院していた時間を取り戻すかのようにとーまやぴーなと遊ぶようになりました。けれど、ヒデマロさんが変わることはありません。ヒデマロさんにとっては、「のんちゃんや自分の両親が来なくなって、せっかくニャンキーと二人きりに戻れたのに、ニャンキーはちっともかまってくれない」のです。それどころか、夫や父親の役割を求められ(1、2、3)、家事や育児をもっと頑張りなさいと非難されるばかりです。のんちゃんや周囲の人から叱責《しっせき》や非難を受け続け、責めたてられます。

そのうち、ヒデマロさん自身も「なんだか頭が痛い」「胃の調子がおかしい」と訴えるようになってきました。

当初は、症状を訴えることで、私の注意をひき、優しくしてもらいたかったのかもしれません。けれど、私自身もうつ病の薬を服用し続けていたし、疲労や怒りを感じていました。

そのうちに、ヒデマロさんは「あまり眠れない」と訴えるようになりました。

サラヨのひとりごと

・きっと、ヒデマロさんは、周囲から非難され続け、ニャンキーが「永遠の彼女」から、離れていく裏切られたような思いも重なり、苦しくなっていったのかもしれない。ニャンキーをとどめておく方法や具体的な行動も想像することができず、責めたてられる理由もわからず叱責され続け、ひとり、「生きづらさ」を感じていったのかもしれない。

・さらに私は、自分が保健師や看護師の資格を持っているにもかかわらず、ヒデマロさんの体調不良を引き起こしてしまった自責の念も感じて、辛《つら》くなっていた。「目の前にいる患者さんを助けなくては！」という思いも重なっていた。

2 自己否定（1〜5、11）

だんだん、ヒデマロさんが心身の不調や「眠れない」ことを訴え続けるのにあわせて、色々なことがエスカレートしていきました。そういった毎日のなかで、ヒデマロさんは「ニャンキーにとってオレは何なんだ!」「オレは要らない人間なのか⁉」と私に問い詰めるようになってきました。私は自分の大事なパートナーであることに変わりはないし、とーまやぴーなにとっても優しいお父さんであってほしいと言いました。けれど、ヒデマロさんは、どのような言葉もすでに受け入れられない状態だったのかもしれません。ヒデマロさんは、私が眠ることを妨げるようになりました。そのようなことが頻繁《ひんぱん》になり、私は夜中に妹に電話をかけて助けを求めるようになりました。そしてヒデマロさんを説得してくれるように頼んだこともありました。しかし、ヒデマロさんは、妹がヒデマロさんに説得を試みている間に受話器を置いて切ったり、私が妹に状況を説明している最中に電話線を抜いたりするようにもなりました。

私は妹に、年末年始を含めて、冬休みの間はできるだけ家にいてくれないかと頼みました。妹は年末年始の二週間ほど滞在してくれました。私は義父母に相談したこともありましたがなかなか伝わりませんでした。

私は唯一理解してくれていた妹が帰ってしまうとき、再びあの苦しみの日々が始まるのかと思うと、私は絶望で心が沈みました。そして、予想通りとなりました。

冬のあるとき、ヒデマロさんは早朝に出かけて、外から電話をかけてきて「これからオレは死ぬ」と告げたり、「このまま帰らなかったら、ニャンキーはオレの心配なんかよりも、ぴーなの幼稚園の送り迎えをどうしようって思うんだろう?」と脅迫じみたことを言ったりするようにもなってきました。結局は、近くのパーキングエリアで車を停めて寝ていたり、コンビニで買い物をしたりして数時間後には戻ってきました。けれど、私はそのつど、焦って警察に捜索願いを出したり、職場の人に捜索の協力を頼んだり、妹に相談の電話をかけたりして疲弊《ひへい》していったのです。

事態を重くみた妹が、電話でヒデマロさんに「そんなことをしてもお姉ちゃんはイヤがるだけで、なんの解決にもならない」と説得を試みたり、週末に来て、ヒデマロさんに病院を受診するよう勧めたりしてくれました。しかし、ヒデマロさんは「自分は何も悪くないのに、どうして病院を受診しなければならないんだ?」の一点張りでした。

サラヨのひとりごと

- この頃のことは、私は思い出すと辛《つら》くなるし、辛すぎて思い出すことすらできない部分もある。読者の中にも、思い出すことすらできない出来事をかかえている方がいたとしたら、そのことを無理に思い出すことをしなくてもいい。
- だが、あえて振り返り、対応策を挙げてみる。(3、10、14、17)

①「死にたい」と言われたとき、「生きていてほしい」と真剣に受けとめて話す。
②「私だって辛いんだ」と本音を私自身が自覚し、そう思う自分を許し、第三者の専門家に相談する（保健所の保健師や医師等）。
③「ヒデマロさんも私も辛いから今度いっしょに医者に相談（受診という言葉を使わず）しよう」と、丁寧に説明する（図を使ったり、あえて文字にして書き出してもよい）。
④自分と同じ悩みをかかえている仲間（自助グループや掲示板）から情報を得たり自分の気持ちのはけ口を作る。
⑤「今はあなたのコトを一番心配している」と率直に伝える。

3 決断

　私はすべてに絶望していました。私は絶望するとともに迷いました。私の心は辛《つら》くて痛くて泣いてばかりになっていきました。

　その日のことはよく覚えています。子どもが学校や幼稚園へ行き、ヒデマロさんも仕事に行ってから、私はぽつんと家の部屋で「死のう」と思ってしまいました。死ねば、ヒデマロさんがどんなにひどい人か、世間はわかってくれるかもしれないと思いました。そして、私が死ねば、ヒデマロさんは悔やんだり悲しんだりして、この苦しみをわかってくれるかもしれない、首を吊って死んでやろうと思いました。昼過ぎに、部屋に一人で本当にそう思ってしまいました。そのときでした。

　昼下がりの午後のことでした。と━まが、帰宅してドアを開けて、「ただいま━っ」と学校から帰ってきました。そして、開口一番、「おかあさ━ん、ねえねえ、おかあさ━ん、今日ね、さいっこうにいい日、すっごくさいこうにいいことがあった日なんだよ━━━━!!　聞いて聞いて！」と言ったのです。私はこのとき、思いっきり泣きながら、とーまを抱きしめました。「死ななくてよかった、死ななくてよかった！」と、何度も心の中で思いました。そして泣きながら、「どんないいことあったの？」と聞きました。私は、そのとき、とーまがどんないいことを教えてくれたのかは覚えていません。でも、これだけは覚えているんです。「死ななくてよかった。首を吊って死んでいたら、この子の人生最高のハッピーな日が、最悪の日になっていたに違いない……。本当に生きていてよかった」と思ったことです。

そして私は、子どもたちを連れて、ヒデマロさんと「別れること」つまり「離婚すること」を決めて家を出ました。「こんなふうにヒデマロさんと我慢して暮らしていけば、いつかとーまもぴーなも傷つくお母さんを見て悲しむかもしれない。それなら、元気なお母さんがいてくれるほうが、子どもたちにも良いはずだよ」と、妹も背中を押してくれました。ちなみに、すでにとーまはうっすらと、私とヒデマロさんの不和を感じ取っていたようでした。

サラヨのひとりごと

- もし私が当時「大人の発達障害かもしれない」と少しでも心にとめていたら、この揉《も》め事は「私のせいでも夫のせいでもないんだ」と、楽な気持ちになり、別な道を歩んでいたかもしれない。

- 自助グループやブログや掲示板を活用して仲間を探せばよかったと思う。
- 子どもは敏感なので親の不仲をすぐに感じていたと思う。親が苦しんでいることに気づき、安心感が乏しくなったり自尊心がゆらぐことにつながりかねない。そう思った私は、親族や妹や友人の助けを借りながら、とーまやぴーなが楽しく、明るく過ごせるように、レジャーやイベントやお祭りに連れていったり、遊び相手になってあげたり、キャンプに連れていったりして、すごく頑張っていた。

V

お互いが新たな人生へ

1 その後

その後、紆余曲折《うよきよくせつ》の末、離婚が成立しました。

ヒデマロさんと出会ってから二十年経った今になってやっと、当時の彼の言動や自分の状態を少しずつ客観的に分析できるようになり、「アスペルガー症候群」の特性によるものだったのかもしれないと思える部分も増えました。特別支援教育がクローズアップされるようになったことで、大人の発達障害についての知識や情報や自助グループの輪も広がりつつあります。しかし、当時の私にはそのような情報も少なく、毎日の生活に精一杯で心の余裕もありませんでした。

子どもたちのことを考えると、「離婚せずに済む方法があったのではないだろうか」「私が我慢し続けるのがよかったのか（それができただろうか）」「父親がいないことで成長に悪影響はあるのだろうか」などいろいろと悩みましたし、今でも悩み続けています。当時、夫の不可解な言動が夫の生まれつき持っている発達の特性だったのかもしれないと、少しでも思うことができていたならば、私の対応も違っていたかもしれませんし、夫は二次障害を引き起こさなかったのかもしれない、と自責の念にもかられます。けれど、結局「どうするのが正解だったのか」はわかりません。現在も、その答えは出せないままです。「あなたの発達特性を汲み取れなくてごめんなさい」「私が至らずでごめんなさい」「あなたも生きづらかったのかもしれないね、ごめんなさい」……という気持ちもでてきてしまったりします。

私は本書を書き記すことでやっと気づいたことがあります。文章中には「自責の念」「ごめんなさい」という言葉がたくさん出てきました。そして、自分は看護師や保健師でもあるのに、ヒデマロさんを助けられないことの罪悪感まで抱いていたことに気づきました。この過剰な「自責の念」から脱却するには、やはり同じ思いを持つ仲間（自助グループやブログ、掲示版、家族会等）とのつながりを持ち、「安心して自分の悩みを吐露」できる「安全な場所」を作ることが大事だと痛感しました。そして、もっと自分を大事にしなければならないと思いました。私に限って言うと、ヒデマロさんが「アスペルガー」だとか私自身が「カサンドラ」だとかの、確定（もしくは診断）の有無は、必ずしも必要なかったように思います。「そうかもしれない⁉」と思ったり、「そうかもしれないよ」と言ってくれる同じ思いの仲間がいるだけで「私のせいではないんだ‼」というふうに、自分の心が楽になりました。

そして、「そうかもしれない」と思ってみるだけで、今までのヒデマロさんの不可解な行動は、私のせいでもヒデマロさんのせいでもなく、「発達の特性から来るものだったのかもしれない」と思い、自責の念から解放されつつあります。二十年かかってやっと、私は自分の傷に触れ、過去を振り返り、「自分が悪かったのではない」と、心の傷に向きあえるようになりました。ここで、強く断っておきたいことがあります。それは、この境地は、あくまでも「サラヨとヒデマロさんの事例」であり、個人的な体験談であるということです。何かしらの専門家による診断が、自分やパートナーにとって、助けになる場合もそうでない場合もあるということです。百人いれば百通り、あなたが望むあなただけの生き方があると思ってほしいです。

私、本書を描いて
いてやっと気付いたよ。
こういう
表情が
多いよね…
泣いているのか
笑っているのか
わからない
表情って
ヒデマロさんに
してみれば、私の喜怒哀楽が
視覚的にわかりづらかったの
かもしれないね……
ごめんね……
ニャンキーは
笑っている？
???

父との面会

お父さん このアイス おいしいね
チラッ
おいしいね
チラッ
チラッ
お父さーん
見てー 動物園の キリン すごい よーっ
じ〜っ
すごいね
じ〜っ
お父さんは 私のこと どう思って いるの かな…
じろ じろ
じっくり みている

とーま君にインタビュー

パンパカパーーン
とーま君に
インタビュー
いきなり核心にふれる質問!?
とーま
お父さんの存在って必要？
母子家庭は嫌じゃない？
やっぱり父性って大事？
家族に男の人がいたら男どうしで話をしてみたいと思うこともあるよ…正直……
お父さん（ヒデマロさん）とは会話が続かないけど……
しゅん

2 離婚していなかったら

ヒデマロさんと離婚してから、もう何年もたちます。

私が参考にした書籍[1]によると、「カサンドラ症候群」の女性の選択肢は、「離れる」「去る」以外にもあるとされています。それは、「我慢する」と「まるごと好きになる」ということだそうです。

選択肢1．「我慢する」

まず、満足する愛も交流もなく、二人の間に分かち合うものはもう何もないと感じるとします。この状態でも、お互いの関係の改善に向けて行動を起こそうとはせず、また、別れる決断もしなければ、家庭内別居のようなものですが、二人は「我慢する」ということになります。我慢の理由はいろいろあり、「経済面で夫に頼っている」「宗教上の理由や家柄、世間体を気にして離婚できない」あるいは「子どもが順調に育つには両親が必要だと自分が思い込んでいる」などがこれにあたるという人もいます。実際、そのように悩み、苦しまれている妻の立場の方も多いと思います。読者からいただいたお手紙の中には、後述の選択肢2も3もできないから悩んでいるという言葉もありました。私もどうしたらいいのかわかりませんが、今では私の苦しんでいた時期とは違い、「自助会」という仲間の場があります。書籍も増えてきましたし、同じように苦しまれている方々のブログや掲示板もあります。どうか、「我慢」しているその辛《つら》い気持ちを吐き出せる場を作ってほしいと思います。そして、「自分一人ではないんだ」と共感しあえる仲間に出会ってほしいと切に願います。

選択肢2.「まるごと好きになる」

これは、夫婦二人で「アスペルガー症候群」の特性を受け入れて、その影響を共に学ぶというものです。この選択は、妻のコミュニケーションの方法の工夫、たとえば身ぶりも入れてはっきりと伝えるなどの工夫が必要となると私は思います。妻がボディランゲージでの表現方法を教えることもできると思います。私はある時期、頑張ってまるごと好きになろうとしていたこともありました。

例えば、ヒデマロさんに、子どもの褒《ほ》め方を具体的に教えました。子どもが、褒めてほしい報告をしたら、まず、子どもの頭をなでて、できれば、自分の口角をあげるようにして、微笑《ほほえ》んで、「よく頑張ったね」と声をかけてあげる、などです。まずは自分が見本を示しました。

一方で、パートナーがこういう愛情表現しかできないのかもしれないとありのままを受け入れることも重要だと思います。

そのように、妻のほうが工夫したり、パートナーに現実離れした期待を抱かないという、ある意味「覚悟」を受け入れなければならなかったりと、妻の大きな変化が求められるのだと思います。妻の不満を発散したり、悩みを相談したりできる家族や友人の存在、専門機関が重要となってくると思います。

講演会に来てくださった方のアンケートで掲載許可をいただいた方しか紹介できませんが、「アスペルガーの夫と笑って生きていこう、を目指して生きています。サラヨさんの前向きな姿勢は、以前の明るく笑える自分を取り戻してくれました！」というご感想がありました。なんて嬉しいご感想、そして、素敵なお言葉だったでしょう。この方のように、「笑って生きていこう」という姿勢、本当に素晴らしいと思いました。

また、同じく、長いあいだアスペルガーの夫と共存してきたという先輩にもインタビューしましたら、「十年かけて教えて、ようやく、相手から『迷惑かけてごめんね』『尻拭いさせてごめんね』という言葉を言ってくれるようになった。それだけでも嬉しかった」とのことでした。その方によると、やはり、自分の感情のプロセスを事細やかに伝えるようにした、という日常生活での工夫を聞きました。

　これを読まれている方で、パートナーを心底憎んでいる方はいないのではないでしょうか。愛しているからこそ憎らしくも思い、人生の感動を共有できないもどかしさに苦しんでいると思います。きっと、他の書籍や情報も得て、日常生活で何かを感じてありとあらゆる工夫もしつくして、疲弊《ひへい》している方も多いと思います。パートナーと一緒に生きていきたい、だからこそ、思い悩み、苦しんでいるのだと思います。本書により「あなただけではない、あなたひとりではない」ということが伝われば幸いです。

選択肢3．「離れる」「去る」

私はこの道を選択しました。それがベストだったのかはわかりません。そして、子どもたちが「お父さんがいないこと」を気にするかもしれないと考えることも、もちろんあります。悩みの日々です。「申し訳ない、本当にごめんなさい」という気持ちに苛《さいな》まれることもしばしばです。

当時、もし、本書や、巻末の参考文献9、15、19のような本があり、カサンドラという言葉がもっと認知されていたら、私は自助会などに参加したり、掲示板やブログに訪問したりして、別の道を歩んでいたかもしれません。「離れること」は「一緒にいること」と同じくらいエネルギーがいると感じています。

Ⅵ

サラヨ流「心の傷」からの回復《リカバリー》

自分の足で一歩を踏みだす道のり

この苦しみ……
孤独…
心の痛み…
どうすればよいのだろう
ズキズキ
いろんなコトを思い出してしまうコトもある
アレコレ
アレコレ
この感情…どうして?
なんで苦しいの!?

——私は、
ヒデマロさんと
出会ってから20年、
離れてから7年かかりましたが——
やっと
自分の本当の傷に
触れることが
できるようになりました。
心の傷に触れることは、
痛みを伴いました。
たくさんの人の力を
かりました…。

心の傷の痛みに
触れることは
とても苦しい
ことなので、
思い出すことすら
辛《つら》いこともあります。

そんな時には
無理に思い出さ
なくてもいいんです。
まず、
「思い出しても大丈夫
なんだ！」という、
自分に
とって
「安心で
安全」な場所
をみつけよう！
そして、自分にとって「安心で安全」な人の
助けをかりよう！
例えば……
臨床心理士
カウンセラー
この人になら
話しても
大丈夫なんだ…
発達障害に
詳しい専門医
自助会の
皆さん
保健師、
精神看護専門
看護師
理解してくれる
友人・知人
※初めての場合は、マンツーマンでカウンセリング
してもらった方が安心かもしれません

思い出していいんだ…
号《ごう》泣《きゅう》。
話していいんだ…
うん、うん、
サラヨにとって「安心で安全」な人。
泣くことができただけでも…
ジョバーッ
回復への一歩
思い出して泣いているうちに…気持ちも落ちついてきた…
辛い体験を…自分だけで抱えこまないで…
言葉にして実際に言ってみること――。
それができたら大きな進歩！

私は家でも一人きりになった時、「気持ち」を口に出して言ってみました。
鏡
サラヨは何が辛いの？
独り言のように鏡の自分に語りかけてもみました。
そして…信頼できる専門職の人に
SST
精神療法のひとつ。
心理劇（サイコドラマ）
過去の心の傷を話すこともできるようになってきました…。
苦節20年、お互いに距離をおいて7年——。
私は、本当は何が苦しいのか。
何故《なぜ》、苦しいのか。

私はたくさんの人に
助けられながら、
過去の
自分の心の傷に
向き合うことが
できるように
なりました。
今の自分
過去の自分
この気持ちを
例えるならば…
優しい、
おにぎりに
なった気分！
ホカ
ホカ
「おにぎり」って、
「おむすび」とも言いますよね。
手の平で、ほっこりと
包んで作られる「おむすび」。
ホカ
ホカ

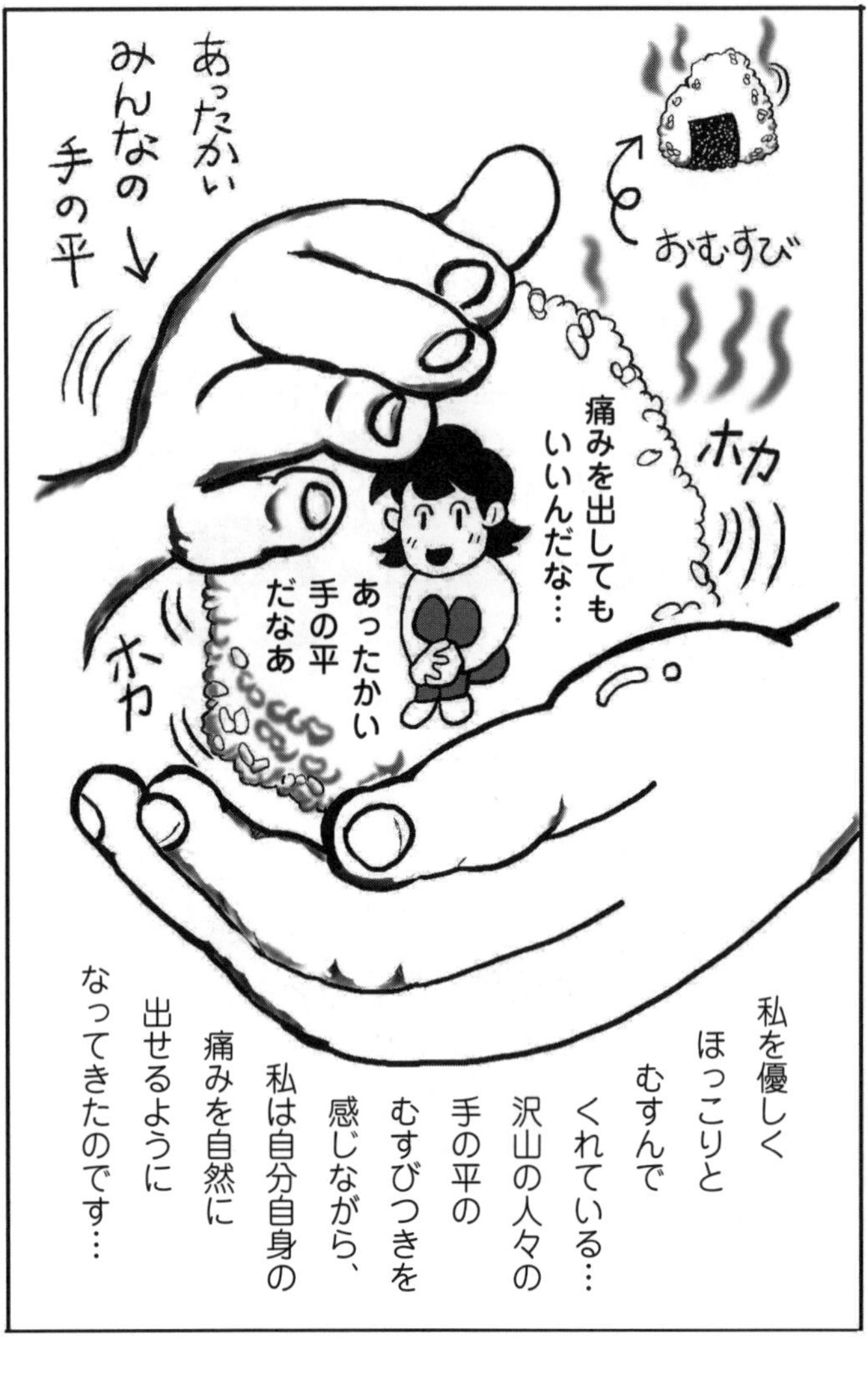
おむすび
ホカ
痛みを出してもいいんだな…
あったかい手の平だなあ
ホカ
あったかいみんなの手の平
私を優しくほっこりとむすんでくれている…
沢山の人々の手の平のむすびつきを感じながら、
私は自分自身の痛みを自然に出せるようになってきたのです…

痛くて辛いけれど、
自分の心の傷に
気づいて、
向き合える
ようになったら、
本当の回復へ
大きく前進！
ホカ
ホカ
あったかいおむすび
ころりんっ。
専門職や
自助会の
人たち
サラヨさん、
よく話して
くれたね
よく頑張ったね
サラヨ
成長した
子ども
たち
お母さんが
元気でいれば
いいよ！
サラヨ

サラヨは少しずつ、「頑張っている自分」

「生きているだけで価値ある自分」——を認めてあげられるようになってきました。

以前は——

私を傷つけたヒデマロさん、ひどい人！

とか……

ヒデマロさんはあーだった、こーだった
…と苦しんでいたけれど……

ズキ
ズキ
「私は生きているだけで価値がある」「私は頑張っている」「私は被害者でも加害者でもない」

主語は私！

…と思えるようになりました。

過去に起こってしまったことは
もう過去のこと。

ホッコリ
おむすび
ホカ
ホカ

今の自分は価値がある。

死ぬこと
以外は
かすり傷！
テレビで
誰かが
言って
いました♪
私は
生きている
だけで
十分！
自分を大切にして
自分を許す
……
少しずつ
できるようになってきました……。

お掃除ができた自分。
子どもの弁当を作れた自分。
今日、一日生きた自分。
生きているだけで十分なんだ。自分は生きる価値がある。
大切な自分！
完ぺきにはできない自分――ダメダメな自分――を許せるようになって…
ヒデマロさんも同じく、
許せるようになってきました。

出会ってから20年経《た》って……
お互いが両極端にいたかもしれないけど…
サラヨもヒデマロさんも生きる価値がある大切な人。
離れてから7年間……
子どもたちは、ヒデマロさんと面会しますが、
私は一度も会っていませんでした。
姿をみるのも、声を聞くのも、避けていましたが…
自分の足で踏みだす一歩！
この本を書きながら、自分の足で一歩を踏みだそう…と思い…
離れてから初めて電話をかけてみましたっ！
ドキドキ

7年ぶり…
トゥルルルル……
トゥルルルル……
呼び出し音
……
電話番号は変わってなかった。
ピッ
ハイ、○○です。
わーっ
出たーっ
たぶん、ヒデマロさんもびっくりしたと思います。
あ……。突然ゴメンネ……。ニャンキーです。えっと、数分くらい大丈夫かな…
覚えてるかな…

いざ、声を聞いたら、7年前とあまり変わっていなくて、私は今の自分の気持ちをヒデマロさんに伝えました。ヒデマロさんは、「へへへ」とか「ウン」とか言いながら聞いてくれました。

いつも子どもたちと面会してくれてありがとう。

とーまやぴーなにとっては、たった一人の大切なお父さんだもんね。ありがとう。

そして私は少し会話をしてから、一番伝えたかったことを言いました。

ヒデマロさん——。ずっと、元気で、健康でいてね。

そしたら……

ニャンキーもね！
！
ドキ
ドキ
ヒデマロさん…。
私、7年ぶりに
電話するのは、
勇気が要《い》ったけど、
電話して良かったよ。
嬉しかったよ。
ヒデマロさん、
ありがとう！
言えた！
私は自分の足で
自分らしい
一歩を踏みだした。
何だか
スッキリ。

自分が今、歩んでいる道は…
布《ふ》石《せき》
過去のたくさんの経験や布石があってこそ今の道がある。
てくてく
道を決めるのは私！
専門職の皆さんや、友達や、自助会の皆さん、そして…家族に「ほっこり」と結ばれながら、時には助けをかりて、自分なりに生き生きと踏み出す一歩。
ほっこりおむすび

ほっこり
辛いことがあっても、
それはきっと
意味がある。
自分も、誰かの
「おむすび」を、
優しく包む手の平に
なれるかな…
自分なりの心の傷や
回復の体験を語ることは
自分にしかできないこと——。
だけど、
そればかりが自分の仕事ではない。
「生きているだけで価値があり、
ありたい自分の姿に目を向ける」こと…

時には誰かに
助けを求め、
行きつ戻りつ
しながらも、
生き生きとした
自分の望む
姿に向かって、
回復の一歩を
踏みだそう！
皆様，本当に
ありがとう……
ポリ
ポリ

おわりに

西城サラヨ

本書に書いた内容は、あくまでもヒデマロさんとサラヨのエピソードです。ですから、「アスペルガー症候群の夫（パートナー）（未診断含む）＆カサンドラ症候群の妻（パートナー）」だとしても、すべての家庭や子育てにあてはまるというものではありません。

「アスペルガー症候群」の特性もさまざまありますし、パートナーとなる人の生育歴や、自分の生育歴、取り巻く環境も大きく影響するものだと思います。つまり、お互いの境遇や、そのときの立場や環境があり、千差万別だと思います。ですから、この本を読んでくださった読者の方々のなかには、お互いに良好な関係を築いているケースもあると思います。また、リアルタイムで悩んでいる「カサンドラ症候群」の方々にとっても、これをきっかけに相手のことを知り、よりよい関係を築くために選択することもできるかもしれません。

さらに、それぞれの実家や友人との関係（理解や協力性）がしっかりしていれば、苦しいときに支えてもらったり、アドバイスを聞き入れて改善策を見つけたりしていくことだってできると思います。

私の場合は、「ヒデマロさんが何かしらの大人の発達障害を持っているのではないだろうか」と思うのが遅かったこともあり、ヒデマロさんは二次障害を生んでしまったのかもしれません。そして、お互いに苦しい思いをしたうえに、結果として離婚に至りました。ヒデマロさんはその後、別の女性と再婚しています。もしかしたら、私と一緒にいるよりも「生きやすさ」を感じているのかもしれませんし、今では、お互い幸せを感じられる毎日を生きられるように願うばかりです。

また、振り返ってみるとヒデマロさん自身が自分の発達の特性に気づいて受け入れていれば、そして、私もそのことに気づき、周りの理解や社会からのサポートを得ようとしていれば、また別の選択もあったかもしれないということにもなります。

ただ、はっきりと確信していえることは、絶対に「死んではいけない」ということです。生きてさえいれば、必ず光は差します。うつ病と診断されたとき、私の心は絶望に満たされていました。けれど、私はすばらしい精神科の先生にめぐりあえました。先生は、「今は闇の中で、出口のないトンネルにいるような気持ちかもしれません。ですが、生きてさえいれば、必ず小さくても光の出口が見えます」と元気づけてくれました。その当時、まさに暗闇の渦中にいた私には信じられなかった言葉ですが、今から思えばその通りだと思います。だから私は言いたいのです。

「死んではいけない」「生きていくのだ」と。

もしあなたが、人生の分岐点ごとに思い悩み、そして一つの選択肢を選んだとします。人によって、どんな形の道を選択するかは千差万別でしょう。そのときに、そのあなたの選択肢に間違いがあるとは思わないでほしいのです。なぜなら、たくさんの情報やアドバイスがあったとしても、いちばん悩み、いちばん苦しんだのは、ほかならぬあなた自身だからです。十年後、もしかしたら、ふと「あのとき、こうしていたら（どうなっていただろう）……」と思うことも出てくるかもしれません。けれど、十年後、あなたの同じ時系列に、違う選択をした自分は存在しないのです。今あるあなたも、これからのあなたも、その分岐点ごとのベストチョイスの布石に裏打ちされた集大成のあなたなのだと思います。そのまま、自分の選択を信じて歩き続けてほしいのです。

現在の私は、母子家庭で経済的に恵まれているというわけでもありませんし、子育てが順風満帆というわけでもありませんが、「あの苦しいときに死ななくてよかった」「生きていてよかった」と、心から思っています。ですから、悩み、苦しんでいる人も、とにかく生きてください。

生きていれば必ず光は差します。私がすばらしい精神科の先生や家族、友人に助けられたように、あなたも一人ではありません。あなたの家族、病院の人、友人、私ももちろんですが、必ず誰かがあなたを応援してくれます。支えてくれる人がいるはずです。

私の力は弱いものだとわかってはいますが、少しでも誰かの希望につながることを願っています！

一緒に生きていきましょう！

＊＊＊

今回、この本を制作するにあたっては、たくさんの書籍や論文を参考にさせていただきました。本文中で簡単に触れている箇所がありますが、もっと詳しくお知りになりたい方は、巻末（242ページ）に挙げた参考文献をお読みいただければ幸いです。

出版に際しては、ご寄稿いただき、生きるヒントをくださった田中康雄先生、本当にありがとうございました。そして、苦しいことを思い出して落ち込む私を励ましながら、たくさんのアドバイスをくださった星和書店 編集部の桜岡さおり様、社長様、ありがとうございました。そして、自助グループ moon @札幌の皆様、そして、インタビューに答えてくださったS様、前拙著を読んで励ましの言葉をくださった読者の皆様、私に生きる力を与えてくださり、ありがとうございました。また、妹の「のんちゃん」、子どもたちのお陰でお母さんは生きていけます。ありがとう。最後になりましたが、「自分らしい生き方」と、「自分で踏みだす一歩」に気づきを与えてくれた「ヒデマロさん」、出会えて良かったです。本当にありがとうございました。

どんなに辛くても、お互いに生きていこう

主な参考文献

（1）『アスペルガーの男性が女性について知っておきたいこと』マクシーン・アストン著（テーラー幸恵訳）、東京書籍、二〇一三年
（2）『アスペルガーのパートナーのいる女性が知っておくべき22の心得』ルディ・シモン著（牧野恵訳）、スペクトラム出版社、二〇一四年
（3）『成人アスペルガー症候群の認知行動療法』ヴァレリー・ガウス著（伊藤絵美監訳）、星和書店、二〇一二年
（4）『よくわかる大人のアスペルガー症候群』梅永雄二著、主婦の友社、二〇一四年
（5）『大人のアスペルガーを知る本』上野一彦著、アスペクト、二〇一二年
（6）『日本初！コミュニケーションがぐんぐん身につくシーン別アスペルガー会話メソッド』司馬理英子著、主婦の友インフォス情報社、二〇一三年
（7）『一緒にいてもひとり―アスペルガーの結婚がうまくいくために』カトリン・ベントリー著（室﨑育美訳）、東京書籍、二〇〇八年
（8）『アスペルガーと定型を共に生きる 危機から生還した夫婦の対話』東山伸夫、東山カレン著、斎藤パンダ編、北大路書房、二〇一二年
（9）『「大人の発達障害」をうまく生きる、うまく活かす』田中康雄、笹森理絵著、小学館、二〇一四年
（10）『季刊 Ｂｅ！』一一四・一一五号・発行ＡＳＫ、二〇一四年
（11）『アスペルガーの人はなぜ生きづらいのか？』米田衆介著、講談社、二〇一一年

（12）『マンガでわかるアルペルガー症候群&カサンドラ愛情剝奪症候群』西城サラヨ著、星和書店、二〇一四年
（13）S.news.mynavi.jp　二〇一五年六月十五日アクセス
（14）『精神看護（第2版）』萱間真美編、照林社、二〇一五年
（15）『旦那《アキラ》さんはアスペルガー〜しあわせのさがし方〜』野波ツナ著、コスミック出版、二〇一一年
（16）ja.wikipedia.org/wiki/カサンドラ症候群　二〇一五年六月十五日アクセス
（17）『うつ病の人に言っていいこと・いけないこと』有馬秀晃監修、講談社、二〇一四年
（18）『ストレス疾患ナビゲーター』樋口輝彦監修、メディカルレビュー社、二〇〇四年
（19）『旦那《アキラ》さんはアスペルガー奥《ツナ》さんはカサンドラ』野波ツナ著、コスミック出版、二〇一四年
（20）『基本から学ぶSST』前田ケイ著、星和書店、二〇一三年
（21）『サイコドラマの理論と実践』磯田雄二郎著、誠信書房、二〇一三年

寄稿

アスペルガー症候群&カサンドラ症候群について

こころとそだちのクリニック　むすびめ　院長　田中康雄

はじめに

縁あって本書の医学的な監修を依頼され、著者とお会いする機会をいただきました。前著と本書の初稿原稿を読ませていただき、体験記と称していることからも、著者の個人的体験や随所に挿入される著者が学ばれた情報に口を挟むことはよろしくないだろうと考え、僕は監修役には不適切と判断しました。

しかし、この本で展開されているようなことは、日々の臨床場面でも最近よく経験するようになってきています。著者からは、本書にあるようなご主人が日々の生活をよりよくするような工夫、あるいは、こうした方の妻が日々穏やかに生活をするための助言などがあれば、コメントしてもらえないだろうかと依頼されました。

カサンドラ症候群とは

最近書籍などで目にするカサンドラ症候群（カサンドラ情動剝奪障害、あるいはカサンドラ愛情剝奪症候群とも呼ばれる。以下カサンドラ症候群と表記）という名称は、正式な診断名ではありません。精神科領域には、ギリシャ神話や文芸作品から名称を借りた名称がいくつかあります。

たとえば、配偶者や恋人に病的な嫉妬妄想を抱くことで名付けられたオセロ症候群とは、シェークスピアの四大悲劇の一つで妻の貞操に病的なまでに強い疑いをもち、その果てに妻殺しに至る物語、オセロからとっています。

父を憎み母に性的な愛情を求める男子の深層心理をエディプスコンプレックスと呼び、女子が同性の母を憎み父を慕う思いをエレクトラコンプレックスと呼びますが、これはいずれもギリシャ神話の登場人物の名前に由来しています。

以下、アスペルガー症候群によって影響を受ける成人家族の会（Families of Adults Affected by Asperger's Syndrome：ＦＡＡＡＳ）のホームページを参考にしながら概略を述べておきます。詳細は http://faaas.org/otrscp/ を見ていただけるとよいかと思います。

カサンドラ症候群も、ギリシャ神話におけるトロイの王の娘、悲劇の予言者カサンドラからの引用です。王女カサンドラは神アポロンと恋に落ち、そのアポロンから未来を予見する力を授けられるのですが、同時にアポロンが自分から離れていく未来を予見してしまい、アポロンから離れようとします。それに怒ったアポロンにより、カサンドラの予言は誰にも信じてもらえなくなるのです。

こうして、自分の思いが周囲に理解されず、信じてもらえない、あるいは時に誹謗《ひぼう》中傷され、攻撃されたような思いを抱いてしまい、孤立し自罰的、自責的になり、自分はだれにも必要とされない存在と思い込んでしまう王女カサンドラの心理状態を引用して名付けられたカサンドラ現象が、カサンドラ症候群として注目されるようになったのは、一九九七年に遡《さかのぼ》ります。

一九九七年、ＦＡＡＡＳは、アスペルガー症候群のある方の言動に様々な影響を受ける非アスペルガー症候群の配偶者や家族の心理状態を〝ミラー症候群（Mirror Syndrome）〟と称しました。その後、これはある意味心的外傷状態であると理解され、二〇〇〇年に「進行中の心的外傷体験に関連した症候群」（Ongoing Traumatic Relationship Syndrome）、別名カサンドラ現象と名称変更され、今のカサンドラ症候群となりました。

心的外傷体験というと、心的外傷後ストレス障害いわゆるＰＴＳＤという言葉がよく知られています。災害や事故、被害といった、これまでの人生で出会ったことのないほどの人生や生命に強い衝撃的な出来事に遭遇することを外傷（トラウマ）体験と呼び、その体験後の精神的変調をトラウマ反応と呼び、時にそれが精神的後遺症と呼べるほどの状態に至った場合、心的外傷後ストレス障害、ＰＴＳＤと診断されるのです。日本では地下鉄サリン事件と阪神淡路大震災という衝撃的な犯罪被害や災害後に注目されました。

カサンドラ症候群が、アスペルガー症候群のある方の言動に様々な影響を受ける非アスペルガー症候群の配偶者や家族の心理状態として注目されているわけですが、これがＰＴＳＤと異なるのは、過去のトラウマ体験に今も苦しむということではなく、継続進行している日々の体験に常に苦しみ続けるということではないでしょうか。実際ＦＡＡＡＳは、このトラウマ体験が何十年にもわたり潜行する可能性を示唆しています。

アスペルガー症候群のある方の日常的な振る舞いと言動により、身近な配偶者や家族が、生活を共にしていながら、わかり合えていない、支え合えていないと強く感じ、それが、かなりの期間まったく変わらずに進行している状態にいると、身近な配偶者や家族はある共通した心理状態になる場合があります。

日々を送るなかに生じる自分の思いが、配偶者であるアスペルガー症候群のある方だけでなく、周囲の方々にも正しく伝わっていないと感じ、生活のなかの苦労も「たいしたことではない」と一蹴され、精神的に孤立し、自責的になり、イライラや不安感に苛《さいな》まれ、自分はだれにも必要とされない存在と思い込んでしまいます。時にアスペルガー症候群のある方から注意されたり、叱責《しっせき》されることで、自分に問題があると誤解し続けてしまうこともあります。

そんな毎日進行し続ける心的外傷体験の積み重ねのなかで苦しむ、非アスペルガー症候群の配偶者や家族の心理状態を、カサンドラ症候群と称していると、僕は理解しました。

本書でのサラヨさんが、そのお一人でした。

アスペルガー症候群とは

アスペルガー症候群とは、発達障害のひとつである広汎性発達障害のなかの下位分類名です。もう一つの下位分類名に自閉症があります。わが国では、国際的な診断基準としてＤＳＭ分類とＩＣＤ分類が採用されており、福祉行政的には、ＩＣＤ－10が使用され、精神科臨床領域ではＤＳＭが使用されやすいようです。さらに正確に表記すると、ＩＣＤ－10ではアスペルガー症候群、ＤＳＭ－Ⅳ（－ＴＲ）ではアスペルガー障害と若干和名が異なります。

このＤＳＭが二〇一三年に5版に改訂されＤＳＭ－5となりました。このＤＳＭ－5では、広汎性発達障害という名称の下に自閉性障害とアスペルガー障害を置くＤＳＭ－Ⅳ（－ＴＲ）から大きく刷新し、自閉スペクトラム症という診断名で一括《くく》りとなり、アスペルガー障害という名称は消失したのです。

わが国では、発達障害者支援法により定義された発達障害の名称として、また福祉行政的にはＩＣＤ－10が採用されているため、まだしばらくは広汎性発達障害、自閉症、アスペルガー症候群という名称が使用されると思います。しかし、近い将来改訂されるＩＣＤ－11でも、おそらくＤＳＭ－５と似た構成となるので自閉スペクトラム症という診断名で一括りになる可能性が高いと思われます。

ＤＳＭ－５では、発達期に発症する疾患群として神経発達症群を位置づけました。これは発達期早期に明らかになる、生活全般を営むうえでの機能の障害です。そのなかで自閉スペクトラム症は「対人的相互関係、対人的相互反応で用いられる非言語的コミュニケーション行動、および人間関係を発展・維持、および理解する能力」に支障を来しているために、その診断には「さまざまな状況における社会的コミュニケーションおよび対人的相互反応における持続的な欠陥」と、「行動、興味、または活動の限定された反復的な様式」を必要としています。

またＤＳＭ－５ではこの神経発達症群のなかに、「言語的および非言語的コミュニケーションの社会的使用における持続的な困難さ」を示しながら、「行動、興味、または活動の限定された反復的な様式」が認められない場合、社会的コミュニケーション症という新しい診断名を設けました。これまで広汎性発達障害が疑われながら、「行動、興味、または活動の限定された反復的な様式」があまり目立たない場合には、特定不能の広汎性発達障害とか、アスペルガー症候群と診断されてきた場合もあるかもしれません。

また、自閉スペクトラム症と診断された方は、生活全般を営むうえでの機能の障害がある一方で、その記憶力の強さ、集中力の高さ、粘り強さ、正直さ、素直さ、ルールを遵守《じゅんしゅ》するといった正義感の強さ、軸がぶれない考え方という良い面が沢山あります。

ヒデマロさんとサラヨさんについて

本書に登場するヒデマロさんは、医学的診断を受けてはいない方です。つまりヒデマロさんは、アスペルガー症候群と診断されるのではないだろうかと、サラヨさんはじめ周囲の方が思われているのでは、と理解すべきです。そのところは注意して読まれるとよいかもしれません。

ただ、一般的に成人でアスペルガー症候群と診断の付く可能性をお持ちの方の多くは、そもそも自分の振る舞いに気づきにくいため、ある程度生活が成り立っていると、どこかに相談したり医療的ケアを受けようとは思わないかもしれません。しかも、本書を読む限りヒデマロさんの対外的な評価は結構高く、職場仲間からも大切にされているように思います。こうした実際の家庭生活と社会的評価のギャップは、サラヨさんにとってとても苦しいものであったと思います。実際ヒデマロさんは、サラヨさんの言いつけは真面目に守ります。言われたこと以外に気は回りませんが、字義通りに決して逸脱することなく言われたことを誠実にこなします。これは前述した沢山ある良い面かもしれません。おそらくヒデマロさんは、自由度が高い職場では適応しにくいかもしれませんが、やるべき事をしっかりとこなすという硬い職場ならかえって順応しているかもしれません。本書を読むと、ヒデマロさんの呆れるほどの従順さが目立ちます。組織を乱さずに結果を出すことでは、ある意味ひじょうに有能な方かもしれません。

でも、サラヨさんはヒデマロさんの部下でも上司でも同僚でもありません。サラヨさんにとってのヒデマロさんは、ただ日々を一緒に過ごし、同じ風景を眺めながら、一緒に今後の生活を見つめ、わが子の育ちに一喜一憂しながら、愚痴をこぼしたり、軽く衝突したり、といった、相身互いの生活を作り続ける大切なパートナーであってほしかったのでしょう。サラヨさんは、時に一緒に夢をみて、時に一緒に現実に涙するパートナーとしてのヒデマロさんを求めたはずです。自発的に助けあい、自発的に思いやりを示し、自発的に労《ねぎら》いあう関係でいたいのです。

ヒデマロさんの能力は、決して批判されるべきものではありません。ただ、ヒデマロさんにない能力を求め始めると、持ち得ていない部分がクローズアップされ、本来の豊かな面である誠実な能力への評価が落ち、気が利かないという欠点として理解されがちになります。

著者サラヨさんからは、ヒデマロさんがもっと生きやすくなるヒントと、配偶者への助言を、と依頼されました。その任は大きすぎて果たせそうにありません。

ただ、ヒデマロさんからのメッセージ、あるいは本音は、本書には表現されていませんが、ヒデマロさんからすると、夫婦の生活変化に応じて恋人から妻、そして母へと成長変化していったサラヨさんに、戸惑っていた可能性もあります。ヒデマロさんにとってのサラヨさんを、時に恋人モード、時に妻モード、そして時に母モードと設定することで、恋人としての振る舞い、夫としての振る舞い、そして父としての振る舞いがうまく振る舞えるような提案をするのも一つかもしれません。これは、カサンドラ症候群の妻に対する夫の一般的対策ではなく、職場モードと家庭モードを切り替えているように見えるヒデマロさんだからの提案です。

サラヨさんの心の痛みは、本書のあらゆるところで正直に書かれています。その思いを理解する鍵は、「進行中の心的外傷体験」という指摘かと思います。これは、虐待され続けている子どもの心理状況と若干重なるように感じるからです。一般に虐待を受け続けた子どもの心の特徴が、カサンドラ症候群と重なると思われる点は、

①人に対して不信感、被害感を強く持ち、攻撃的にもなることもある。
②自分を悪い人と認識（誤解）してしまいやすい。
③満たされない愛情欲求に苦しみ、相手との距離が適切にとれず困っているのに、周囲に援助を求めることもできない。
④素直に自己表現ができず、感情コントロールが難しい。
⑤配偶者に現実的でない期待を抱きやすい。

などかと思います。サラヨさんのように進行中の心的外傷体験に苦しむ方には、その状況はカサンドラ症候群と呼べる事態かもしれないと伝え、現状に名前をつけることで状況の外在化をはかることが得策かと思います。

僕も本書を読み、まずカサンドラ症候群という特別な事態について学ぶことができました。この言葉を一時の流行で消失しないためにも、僕自身、臨床場面で外在化する方法として以下の六点に纏《まと》め心がけておきたいと思います。

◆カサンドラ症候群とおぼしき方と支援者へ

①わかろうとすればするほど、相手の欠点を暴き出してしまい、相手を愛している自分さえ

も、時に信じられなくなるほどの痛みが生まれる。
②それを単にうつとか、パニック障害という複数の言葉で括らずに、周囲の評価や自分自身の評価や価値観が根底から揺らぎ、崩壊しそうにあるほどの危機的状態であると理解する。
③その夫婦のなかに認められる不思議な関係は、時にカサンドラ症候群と呼ぶべき状態なのかもしれない。
④そうした状態があるという事実を知っておくことで、われわれ支援者は、当事者や配偶者を過度に励ましてしまうことで、結果的に追い詰める、傷つけるという過ちをしないで済む。
⑤そのうえで、支援者は当事者や配偶者に対して、一緒に打開策を考え続ける。
⑥こうした知識を心に留め置き、カサンドラ症候群は、「進行中の心的外傷体験」であることを忘れないようにしたい。

おわりに

「カサンドラ症候群」に支援者が向き合うには、その障害に苦しむ妻とその配偶者が夫婦になる前から育んできたそれぞれの思いと、夫婦生活への思いと将来の夢を見据えたうえで、個々別々に対応する必要があるように思います。そこには常に「僕（私）は、どうしたいのだろう」と問い続けることしかないように思います。

個々の心は、行きつ戻りつしながら、揺らぎながら、それでも明るい未来を夢見ます。目指すは「進行中の心的外傷体験」を停止させ、カサブタの外傷にすることです。言うは易く行うは難し、ですが。

さて、この寄稿を最初に書いた時点では、Ⅵ章はまだ書かれていませんでした。最終稿を読んで、僕はサラヨさんが「進行中の心的外傷体験」から自由になり、さらに家族やたくさんの仲間たちにより心の傷がカサブタになったことを知ることが出来ました。カサブタにするには、「思い出しても大丈夫」と思えるような安心と安全を手に入れることと、サラヨさんも書いています（220ページ）。僕も本当にその通りだと思います。そして、心の傷は痛みではあるけれど、その人を成長させる力にもなると僕は思っています。本書でなによりも素晴らしいのが、七年ぶりのヒデマロさんとの対話でした。そこで二人は、認めあい、赦《ゆる》しあい、そして互いに感謝をしたのです。この最終章、サラヨさんの成長を報告するために本書はある、といっても過言ではないと、最初の読者として、僕は確信しました。サラヨさん、ありがとうございます。

最後に、寄稿ということでこうした機会を作っていただいた著者と出版社に感謝いたします。

西城サラヨ（さいじょう　さらよ）

保健所保健師，精神科病棟看護師などの勤務歴あり。アスペルガー症候群（受け身型）の傾向があるヒデマロさんと結婚。第一子誕生を機にうつ病を発症。カサンドラ症候群という言葉に出会い、自助グループの存在を知る。二児の母。

〈寄稿〉

田中 康雄（たなか　やすお）

こころとそだちのクリニックむすびめ院長。児童精神科医。臨床心理士。北海道大学名誉教授。発達障害をもつ人の心と生活に寄り添う親身な治療と支援で多くの人の支持を得ている。発達障害に関する著書多数。

カサンドラ妻の体験記

2015年11月19日　初版第1刷発行
2020年 4月13日　初版第2刷発行

著　者　西城サラヨ
〈寄 稿〉田 中 康 雄
発行者　石 澤 雄 司
発行所　株式会社 星 和 書 店
〒168-0074　東京都杉並区上高井戸1-2-5
電話　03（3329）0031（営業部）／03（3329）0033（編集部）
FAX　03（5374）7186（営業部）／03（5374）7185（編集部）
http://www.seiwa-pb.co.jp

印　刷　株式会社 光邦
製　本　鶴亀製本株式会社

ISBN978-4-7911-0918-0